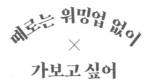

때로는 워밍업 없이
×
가보고 싶어

어차피 준비된 인생은 없으니까

김수지 에세이

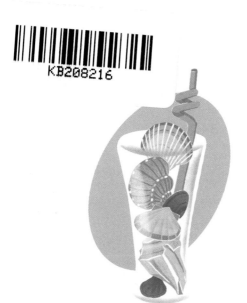

———————— × ————————

서사원

× contents ×

때로는 워밍업 없이

×

가보고 싶어

미국 미네소타주에는 눈이 많이 내리고, 플로리다주는 매우 덥다는 걸 교환학생 후기를 읽으며 알았다. 10대 시절 나는 다른 고등학생들이 교환학생 생활을 어떻게 해나가는지 자주 구경하고는 했다. 늘 낯선 세상을 꿈꿨지만 거기까지 갈 돈은 없었으니까. 다른 이들이 적어놓은 정보를 밑그림 삼아 나만의 그림을 그리고, 머릿속으로 혼자만의 유학 생활을 했다.

'내가 만날 홈스테이 가정의 할머니는 엄격하지만 정이 많을 거야. 운이 안 좋으면 사이가 나빠져 집을 나오게 될 수도 있겠지만, 연계된 유학생 관리센터의 도움으로 더 나은 집을 금방 찾을 수 있겠지. 그 모든 상황을 겪고 나면 외국어 실력은 일취월장해 있을 거야.'

이런 가슴 뛰는 상상을 디테일만 바꿔가며 매일 했다. 야간자율학습 시간의 종료를 알리는 종이 울리면 함께 끝나는 짧은 꿈이었다.

이런 게 '멀티 유니버스'인 걸까. 수십 수백 개의 다중 우주 속에서 셀 수 없는 나의 가능성을 만났다. 미국에도 가고, 3개 국어쯤은 능수능란하게 구사하고, 넓은 내 방이 있고, 친구들이 부러워하는 브랜드 옷이 가득한 옷장을 가진 내가 여러 차원에 흩어져 살고 있었다. 현실의 나와 비슷한 설정은 하나도 없었다. 진짜 내 삶은 누추하다고 여겼으니까. 그때 나는 '아무도 날 도와주지 않으니 상상이라도 열심히 할래' 따위의 불만을 갖고 있었는데 조금 더 살아보니 알게 되었다. 인생이라는 것은 원래 혼자만의 힘으로 개척해야 하는 일이라는 걸.

엄마와 언니는 내가 책 쓰는 것을 걱정했다. 나의 순진한 솔직함을 그들은 늘 염려한다. 반만 듣고 반은 듣지 않았다. 걱정 끼쳐 미안하고, 내 인생을 적다 보니 어쩔 수 없이 당신들 삶의 일부분이 노출될 수밖에 없었던 점도 미안하다. 그럼에도 결국에는 항상 내 뜻대로 하라고 믿어주는 그들이 없었더라면 끝내 책을 완성하지 못했을 것이다. 또한 단 한 톨의 연민이나 평가 절하도 없이 순수한 응원으로 내 삶을 바라봐준 남편에게도 특별한 감사를 전한다.

책의 제목은 나의 희망사항이다. 준비운동 없이, 두려움이 채 밀려들기 전에 발을 떼는 삶. 갈 수 없는 곳에 대해 상상만 하던 어린 시절에서 벗어나 가고 싶은 곳을 향해 단번에 뛰어드는 내가 되고 싶었다. 그 어떤 감정도 짊어지지 않은 채로. 놓치면 곧 죽을 것처럼 부둥켜안고 있던 희망은 지금의 내게 오래 묵은 자기 연민일 뿐이다. 이 책을 쓰는 3년은 내 발목에 바다 쓰레기처럼 걸려 있던 서러움을 털어내는 과정이었다.

바다의 끝이 어디인지 알면 그만큼만 힘을 내겠지만, 끝을 모르면 무한정 힘을 낼 수 있을 것이다. 누려본 게 많지 않은 나는 아는 것도 많지 않다. 그래서 더 용감할 수 있다. 세상이 얼마큼 차가운지, 얼마큼 위험한지 계산하기 전에 온몸을 내던지는 건, 자각하지 못한 채로도 몇 번쯤 해냈던 일이다. 그 무모함의 이야기가 다른 누군가에게도 힘이 될 수 있기를 기대해본다.

이 자아도취를 언젠가 후회할지도 모르겠다. 질끈 눈 감는 심정으로 책을 낸다. 아마 이보다 더 솔직해질 날은 또 오지 않을 것 같다.

×

chapter 1

좌절은
뉴스가끝나고

———————— × ————————

열심히 사는 사람은
때론 비참함을 느낀다

서른을 두어 달 남짓 앞둔 스물아홉 겨울.

적어도 이쯤이면 꿈을 이뤘을 거라고 생각했는데

오히려 더 멀리 내팽개쳐진 것 같던 그때.

아무 자리라도 좋으니 혹시 추천해주실 수 있냐고,

전 직장 상사를 무작정 찾아가

도움을 청했던 적이 있다.

직선으로만 달려가던 내 삶을

직각으로 꺾기로 한 날이었다.

이만큼 하고도 안 됐으면,

세상에 내 힘으로 어쩔 수 없는 일도 있다는 걸

받아들여야 한다고, 마음이 알아서

내 꿈의 미완성을 인정했다.

조금 민망하고 조금 멋쩍은 순간쯤이야,

어떻게든 잘 살아내야 하는 나에게 아무것도 아니라고.

어려운 문제를 마주하면

쓸 수 있는 모든 답을 적곤 했던 대학 시절을 떠올리며

하루하루를 그렇게 살았다.

앞으로 또 어떤 시련이 닥칠지 모르지만

비참한 날들은 언젠가 지나가고

봄은 언제고 다시 돌아와 꽃을 피울 것을 안다.

그래서 그때도, 지금도,

괜찮았고

괜찮다고 말할 수 있다.

모든 것은

　　　　기세다 _____ ⦰

카메라 테스트에서 번번이 떨어지는 내게 아나운서
학원 선생님은 이렇게 말했다.

　　쫄지 마.

　　적어도 우리 조에서는 내가 1등이라는 생각으
로, 이미 그렇게 정해진 것처럼 나머지 지원자에 대
한 미안한 마음으로 면접장에 들어가야 한다고 했다.

　　애초에 나는 경쟁에 능한 사람이 아니었다. 공부

는 늘 적당히만 했고, 운동에도 영 재능이 없었다. 그렇다고 특별한 장기가 있었던 것도 아니다. 내 삶에 점수를 매기자면 중간 혹은 그보다 조금 위 정도로 체면만 지켜왔다고 생각했다. 그러니 이런 내가 누군가에게 '이겨서 미안할 일'이 어디 있었겠나. 머리로는 이해할 수 있었지만 진심으로 받아들이지는 못했다.

선생님이 덧붙인 말은 이랬다. 아마추어들 사이에서지만 뉴스도 곧잘 하고 이미지도 단정해서 어디가서 밀릴 정도는 아닌데 작은 시험조차 통과하지 못하는 내가 이해가 되지 않는다고. 그렇다면 이유는 단 하나, 바로 자신감. 주눅 든 채로 심사장에 들어가는 순간, 시험은 거기서 끝이라고 했다.

그 말도 맞는 것이, 아나운서 시험 준비를 시작하고 2년 넘게 대형사 카메라 테스트를 통과해본 적이 없었다. 서류 전형도 마찬가지였다. 그러니 자신감은 절로 뚝뚝 떨어졌고 그게 겉으로도 티가 났을 거다.

그래, 마음을 고쳐먹자. 멋지다는 말 제법 듣고 살았잖어. 왜 이래, 아마추어같이.

마침 그 무렵 대형사 공채가 있었다. 여전히 스스로를 꾸미는 데 서툴렀던 나에게 그 시험이 기회처럼 느껴졌다. 바로 흰 티에 청바지를 입고 '노 메이크업'으로 카메라 테스트에 응하라는 지침 때문이었다. 어울리는 정장도 찾지 못했고 화장한 얼굴도 어색하기만 했던 나는 차라리 잘됐다고 생각했다. 다같이 민낯으로 시험을 보면 어쩐지 내 부족함을 들키지 않을 수 있을 것 같았다. 조금 안도한 채로 얼굴에 쿠션만 좀 찍어 바르고 시험장으로 향했다.

그런데, 아뿔싸. 노 메이크업 전형이 이런 건가?

지원자들 대다수가 색조 화장만 제외하고 인조속눈썹을 붙이고, 아이라인까지 꼭꼭 챙겨 바른 얼굴로 시험장에 나타났다. 나는 다시 주눅이 들었다. 화장을 한 게 티가 나면 오히려 감점이 되지 않을까. 전형에 충실하고자 한 마음뿐이었는데, 덜 영리했던 것이다. 나 같은 사람이 몇 보이긴 했지만 많지는 않았다. 이번 공채도 이렇게 흘려보내야 하나 잠시 좌절했다. 그러다 이왕 이렇게 된 거 선생님의 말을 시험해보자는 생각이 문득 들었다. '자신감'이라는 게 정말 당락을 결정짓는 요인이 되는지 한번 확인해보자는 마음이었다. 어차피 맨몸(?)으로 밀고 들어온 시험장, 잃을 것도 없었다.

걸음걸이부터 달라야 한다. 애들아, 미안해. 우리 조에서는 내가 될게. 다른 면접자들에게 사과하는 사람이 되기 위해 계속 최면을 걸었다. 그래도 상황이 좀 나았던 것이, 지원자 모두가 똑같이 흰 티에 청바지를 입으니 다른 이의 멋진 정장에 기죽을 일도 없었다. 이전 시험에서는 저 사람은 나보다 목소리가 좋고, 저 사람은 나보다 경험이 많고… 여러 이유를 찾아가며 다른 지원자를 들여다보는 데 시간을 썼다. 이번에는 나만 생각하기로 마음먹었다. '나는 진짜 화장을 거의 안 했어!' 하는 당당함도 일면 도움이 되었다.

경쟁에서 이기기 위해 필요한 마음은 어쩌면 그

런 것일지 모르겠다. 다른 이를 보는 게 아니라 나 자신을 더 유심히 들여다보는 것. 내가 어떤 면에서 승산이 있는지 제대로 알고 나를 믿어주는 것. 나는 그때 처음으로 타인이 아닌 나를 보며 시험을 치렀다. 그렇게 하니 '안녕하십니까. 수험번호 000번 김수지입니다'라는 인사말을 내뱉는 순간부터 느낌이 달랐다. 내내 생각했다. 이렇게 잘하는 저를 보세요. 저 진짜 잘하죠?

결과는 합격이었다. 놀랍게도 이어서 필기시험도 합격하고, 3차 실무전형까지 쭉쭉 올라갔다. 3차까지 올라간 건 처음이었다. 마음만 바꿨을 뿐인데 실무 면접을 보게 되다니. 그때부터 내 마음은 거의 '될 대로 되라' 수준까지 갔다. 면접관들과 대화를 주고받는 게 어렵지 않았고, 심지어 이미 다 까먹은 지 오래인 사회학 전공 관련 질문이 들어와도 내 안의 어디에 그런 지식이 남아 있었던 건지 답변이 술술 나왔다. 최종까지 나를 이끌고 간 건 '와, 이렇게 가다가는 어쩌면 합격하겠는데?'라는 다소 오만한 마음이었다.

때로는 그런 오만함이 필요할 때가 있다. '작은 마음'으로 오래 살아온 사람이라면 그렇게 해서라도 어깨를 좀 펴야 세상과 싸울 수 있다. 결국 최종면접에서는 또 기세가 꺾여 불합격했지만 이후의 시험은 모두 3차, 혹은 최종면접까지 가는 것으로 선생님의 말이 맞음을 증명했다.

모든 건 기세가 결정한다. 자신감이 없으면 무엇도 이룰 수 없다는 것. 자신감은 다른 이들을 시야에서 지우고 나 자신에게 초점을 맞출 때 생긴다는 것도 알게 됐다.

프리랜서 시절의 경력까지 포함하면 방송한 지도 벌써 10년이 다 되어가는데 여전히 새로운 방송을 맡으면 어김없이 작아진다. 아무것도 해낼 수 없을 것만 같고, 웃음거리로 남겨질 것만 같은 불안감이 든다. 실력에 대한 확신이 없는 것도 아닌데 늘 그렇다. 그럴 때마다 처음 통과했던 그해의 카메라 테스트를 떠올린다. 그리고 생각한다.

　　마음만 바꿔도 지금 이 순간을 반전시킬 수 있
다고.

반전의
주인공은
아니더라도 ⟨⟨

솔직히 말하자면 나에게는 막연한 믿음 같은 것이 있었다. '반전의 주인공'이 될 수 있을 것만 같은 예감 이랄까. 어디서나 단번에 눈에 띄는 사람은 아니었 지만, 나를 열렬히 좋아해주는 사람들이 몇몇은 꼭 있었고, 처음부터 두각을 나타내지는 않아도 성실히 버티기만 하면 알아주는 누군가가 생겼다. 늘 중간 정도만 유지하던 학교 성적도 고3이 돼 마음먹고 달려들자 점수가 훅훅 올라갔다. 시작은 좀 밋밋해도 결국 원하는 것을 얻게 된다는 나의 믿음은 그렇게 자라났다. 그래서 좀 부족하고 못난 모습도 그다지 못마땅하지 않았다.

이런 마음을 처음으로 무너뜨린 게 바로 아나운서 시험이었다. 5년 동안 지상파 공채시험의 문을 두드리면서, 주인공은 따로 있는 것 같은 무대에 들러리로 선 것만 같은 기분을 여러 번 느꼈다. 이쯤이면 내 차례가 와야 맞는데, 어? 왜 아직도, 아무도 나를 발견해내지 못하는 거지?

처음 느낀 감정은 그나마 '당황'이었지만 나중에는 '좌절'로 바뀌어갔다. 피날레를 장식하는 건 언제나 나라고 자신했던 그 생각에 대차게 찬물이 뿌려졌다. 아, 나는 주인공이 아닐지도 모르겠다. 아닌 것 같다. 아니다. 정말 아니었네. 무릎 꿇리고, 팔이 묶이고, 고개가 꺾이는 것처럼 내 마음은 한 단계씩 완전히 꺾여갔다.

더는 희망이 없다는 생각에 프리랜서 아나운서

생활을 접고 일반 기업에서 일을 시작했을 무렵, 나와 아나운서 시험 준비 스터디를 함께한 동료 중 한 명이 공채시험에 합격한 후 전화를 걸어왔다. 행복에 가득 찬 목소리였다. 질투가 나기도 했지만, 나만큼 간절했던 사람이니까 축하받을 자격이 있다고 생각했다. 나는 있는 힘껏 축하해주었다. 그가 충분히 만족할 만큼 부러워해주었다. 하지만 정말로 묻고 싶은 한 가지 질문은 입속에서 사탕처럼 굴리고만 있었다.

'들어가서 동기들을 만나니, 불합격한 저랑은 정말 많이 다른가요?'

사실 어떤 대답을 듣든 마음이 편치 않을 것 같아 입 밖에 내기 두려워 망설이고만 있었다. 내 마음을 읽었을까. 그는 조심스럽게 이 말을 꺼냈다.

"근데 수지야, 들어와 보니까 여기 들어온 친구들은 정말 이유가 있더라. 합격과 불합격에는 이유가 있는 거더라."

나는 불합격한 사람. 불합격할 이유가 있었던 사

람. 될놈될. 안될놈안될. 그의 말로 그게 분명해졌다. 아, 그렇구나. 그렇군요. 정말 부럽다. 나는 분위기를 망치지 않는 선에서 적당히 대꾸하다가 전화를 끊었다. 물론 불쾌했다. 자기가 뭘 안다고 그렇게 말해? 내가 면접 보는 모습을 본 적도 없으면서! 씩씩거리며 무시해보려고 했다. 하지만 씻고 침대에 눕자마자 어둠보다 먼저 밀려오는 건 패배감이었다. 다 내가 부족한 탓이구나.

그러다가 아무런 기대 없이, 오랜만에 뜬 대형사 시험에 별 기대 없이 응시했는데 덜컥 붙고 말았다. 다 아는 결말이라고 해도 보지 않으면 아쉬울 것 같은 마음에 치른 시험이었다. 그렇게 MBC 채용에 붙고 나니 '될놈될 이론'에도 금이 가기 시작했다. 당시 그 말을 해주었던 동료에게는 미안하지만 이렇게 말해줘야 할 것 같다.

'될놈될' 같은 건 없다고.

사실 그러고도 나는 다섯 동기 중 가장 늦게 방

송을 시작했다. 입사할 때에는 이제야 회사가 나를 알아봤으니 바로 승승장구하겠구나 생각했지만, 동기들이 모두 방송을 시작하고 선배들로부터 각자의 강점을 인정받는 동안 나는 여전히 '걱정거리'였다. 진행을 안정적으로 잘하긴 하는데 확 시선을 잡기에는 조금 부족해 보이고, 이렇게 가다가는 기죽어서 하던 것도 더 못하게 되지 않을까 위태로워 보이는 신입사원. 그 시선을 견디다 못해 나는 신입사원 OT 기간 중 뉴스 수업을 듣다가 울면서 화장실로 뛰쳐나가기도 했다. 그러다 시간이 흘러 큰 방송을 하나둘 경험하면서 언제 불안했냐는 듯 무대를 신나게 누볐다.

나는 이제야 사람에게 꼭 '지는 날'만 있지는 않다는 걸 안다. 기다렸다는 이유 하나만으로도 이기는 날이 오기도 한다는 것. 어른이 돼서 기쁜 이유 중 하나는 이 깨달음을 얻었다는 데 있다. 이제는 너무 흔해진 '존버'라는 말. 획기적인 노력보다 더 중요한 건 이 존버의 정신이 아닐까. 그렇게 안 되던 시험에 가벼운 마음으로 지원했는데 붙은 것처럼, 울며불며 애써도 안 되더니 그냥 시간이 흐르니 자연히 '내 방송'이 찾아오는 것처럼 어쩌면 '때'라는 건 그냥 오는 것일지도 모르겠다. 한 사람씩 돌아가며 누구나 한 조각은 뺄 수 있는 젠가처럼.

이제 더는 반전의 주인공을 꿈꾸지는 않는다. 꼭 어느 시점에는 내가 주목을 받아야 마땅하다고도 생각하지 않는다. 다만 누구든 한 번쯤은 행복해진다는 걸 믿는다. 그런 생각을 하면 앞에 있는 누군가가 나를 가로막고 있다기보다 내가 한발 물러서서 차례를 기다리는 여유로운 사람이 된 것만 같은 기분이 든다.

지금은 아니지만, 언젠가 나의 때가 오면 힘껏 빛나야지. 마음이 급해질 때마다 일부러 멈춰 서며 이런 마음을 먹는다.

고생에도 정량이 있을까?

"수지 씨는 참 같이 일하기 싫은 사람이네요."

덜컥 겁이 났다.

"촬영이 끝났으면 같이 저녁도 먹고 술도 한잔 해야지. 그렇게 휙 가버리는 게 어딨어요?"

담당 PD가 쏘아붙였다. 리포터로서 첫 방송 데뷔였던 모 인터넷 뉴스를 맡았던 때다. 내가 맡은 일은 뉴스와는 전혀 관련이 없었고 광고비를 지급한

업체의 홍보 영상을 찍는 것이었다. 업체는 경기도에 있는 한의원부터 거제에 있는 횟집, 부산의 돼지국밥집 등 다양했다. 남자 PD와 단둘이, 많게는 하루 10시간 정도 차를 타고 지방을 돌아다녀야 한다는 게 마음에 걸리긴 했지만 '옆자리에 앉지 마시고 편하게 뒤에 앉아서 가라. 꼭 나와 이야기를 나누려 하지 않아도 된다'라고 하는 배려에 안도하며 일을 시작했다.

첫 번째 지방 촬영을 마쳤을 때만 해도 별문제가 없었다. PD를 경계했던 것이 미안할 정도였다. 그런데 두 번째 촬영을 마친 이후부터 밤 늦게 연락이 오기 시작했다. 지금 노래방에 있는데 나올 수 있냐. 나는 별 핑계를 다 댔다. 실제로는 혼자 살고 있었지만 '같이 사는 언니가 걱정한다'에서부터 '오늘은 안 되지만 다음에는 나가겠다'라고 둘러대기까지. 미움을 사지 않으면서 상황을 모면할 수 있는 방법을 총동원했다. 처음 맡은 방송인데 벌써 중도 포기하면 안 된다는 생각과 하루 몇 시간을 같이 보내야 하는 PD

와의 관계를 완전히 망쳐서는 안 된다는 생각에 그런 말도 안 되는 요구에도 '친절하게' 굴었다.

다음 촬영 때부터는 일부러 남자친구 얘기를 더 많이 했다. 촬영이 끝나고 약속이 있다고도 했다. 그렇게 매번 도망치듯 퇴근하는 나에게 PD가 더는 못 참겠다는 듯 기어코 한마디 던진 것이다.

지금 같았으면 증거를 하나하나 모아 어디 신고라도 했을 텐데 그때 나는 스물다섯 사회 초년생이었기에, 정말로 매일 저녁도 먹고 술도 매일 먹어야 했던 게 아닌지 걱정이 됐다. 집에 돌아가서 사과 문자를 보냈다.

제가 사회생활이 처음이라 잘 몰랐습니다. 죄송합니다.

가스라이팅에 성공한 PD는 그때부터 더 막무가내였다. 부산에서 동창회가 있는데 같이 가자, 라거나 사실 나를 좋아한다, 같은 불편한 메시지를 계속 보냈다. 본가에 내려가서도 PD의 연락이 끊이질 않아 결국 엄마에게 털어놓을 수밖에 없었다. 엄마는 단호하게 말했다.

당장 그만두라고. 그 대단한 '경험' 때문에 너무 상처받지 말라고.

맞다. 그 당시의 나는 'OOO 채널 리포터'라는 경력 한 줄을 위해 그 모멸감을 견디고 있었다. 포기해도 된다는 허락이라도 떨어진 것처럼 엄마 말에 용기를 얻어 PD에게 다음 촬영부터 나가지 않을 것이니 다른 리포터를 찾으라고 답했다. 그러자 PD는 이전까지 촬영한 모든 영상에 대해 출연료를 지급하지 않겠다고 으름장을 놓았다. 나는 태연하게 '그렇게 하라'고 대답했다. 협박도 했다가 애걸복걸도 해보는 그의 연락에 다시는 답하지 않았다.

아나운서 준비를 하는 친구들로부터 간혹 이런 질문을 받는다. "아무도 모르는 작은 방송의 리포터라도 하는 게 좋을까요?" 그때마다 사실 누군가가 나와 같은 경험을 할까 봐 걱정된다. 너무 작은 일은 하지 말라고 조언하는 게 아무래도 맞지 않을까 생각하다가 한편으로는 이런 생각도 든다. 내가 하지 말라고 말해버림으로써 누군가 어쩌면 소중한 경험이 될 수도 있는 일을 놓치지는 않을까. 사실 그 작은 리포터 경력 한 줄이라도 적어냄으로써 다음 리포터 경력을 쌓을 수 있었기 때문에 입을 떼기가 더 어렵다. 고생스럽기는 하지만 당신의 도약을 위해서 필요한 일일지도 모른다고, 어느 정도는 필히 고생해야 한다고 말해줘야 하는 걸까.

아나운서 준비생이던 시절, 내게 주어졌던 고생에 대해 생각해보곤 한다. 그 경험이 여기까지 이끌어왔기에 그동안 잘 견뎌낸 나 자신을 대견하게 여기다가도 꼭 이런 일까지 있었어야 했나 생각하는 날도 있다.

'적당하다'고 할 수 있는 고생의 양이 있을까? 너무 운 좋게 이룬 것 같지 않으면서도 지나치게 비참하지는 않은 그 정도의 고생이면 적당하다고 할 수 있을까? 잘 모르겠다. 고생의 양에 관한 한, 엄마가 '소금 적당히, 국간장 적당히' 할 때처럼 도무지 정량이 가늠되지 않는다.

다만 확실히 아는 건 도망쳐야 할 때는 재빠르게 도망칠 줄 알아야 한다는 것. 견디는 것만이 능사는 아니다.

실패의
총량 _____

"그때는 왜 안 됐던 것 같아?"

뒤늦게 꿈을 이룬 내 이야기를 들은 주변인들이 가끔 묻는다.

작사가라는 꿈을 이루는 데 너무 오랜 시간이 걸렸다. 열세 살부터 작사가라는 꿈을 꾸었고 서른셋에 이루었으니 꼬박 20년이 걸린 셈이다. 대학 생활과 취업 준비를 하는 동안에는 사실상 잊고 있었기에 15년 이상을 들어내긴 해야 하지만, 작사에 대한 마음은 적당한 바람과 빗물만 만나면 언제든지 싹을 피울 수 있는 씨앗처럼 내 안에 자리하고 있었다.

오랜 시간을 도전하고도 작사가가 안 됐는데, 지금은 뭐가 달라졌길래 이룰 수 있었던 것일까. 사실 답은 간단하다. 그때는 잘 못 썼고 지금은 그때보다는 나아졌기 때문이겠지. 하지만 나는 어쩌면 실력 외에 다른 많은 것이 필요했을지도 모른다.

다른 아이들과 별반 다르지 않게 자란 나에게 남다른 표현력은 없었다. 그냥 무엇이든 쓰기 좋아했고 낙서처럼 적어둔 메모들을 모아서 오디션 응시랍시고 낸 게 전부다. 중학생 때도, 조금 더 머리가 큰 고등학생 때도 그건 마찬가지다. 사랑 한번 해보지 않고 이렇다 할 충격적 감정을 경험하지도 않은 내게 음악에 얹을 만한 좋은 표현이랄 게 딱히 없었다. 다른 누구도 아닌 나는, 바로 나는, 정말로 더 자라야만 했던 것이다. 성인이 될 때까지 흘러야 하는 '시간' 이 필요했다.

또 하나, 나는 쉽게 건방을 떠는 사람이다. 대체로 많은 것을 어렵게 손에 넣었기 때문에 겸손해질 수 있었던 거지, 쉽게 가진 것에 대해서는 영 겸손할 줄을 모른다. 오래 걸려야만 소중함을 알고 고생을 해야 착해진다. 살면서 꽤 자주 '따스한 사람'이라는 이야기를 들었는데 (그게 사실이라면) 마음을 다쳐봤기에 그렇게 될 수 있었던 것뿐 본성은 그렇게 순하지를 못하다. 성격의 모서리를 조금이나마 깎아내야 세상에 섞일 수 있었을 테니 오래 굴러야만 했던 것이다.

이동진 영화 평론가는 《밤은 책이다》라는 책에서 어떤 일을 할 때 너무 많은 시간이 걸린다면 그건 그만한 시간이 필요하기 때문이라고 했다. 나는 이 이야기를 무척 좋아한다. 괴로울 때마다 이 지난한 시간이 내 목표를 이루는 데 꼭 필요한 양만큼의 시간일지도 모른다고, 그건 5천 원을 지불하고 커피를 마셔야 하는 당연함과 다르지 않다고 생각하게 되었

다. 치러야 할 값을 치르고 있다고 생각하면 숙명을
이고 가는 인간처럼 퍽 순응이 되었다. 내가 가진 것
들에 대해서도 정당하게 가진 것이라는 자부심을 가
질 수 있었다.

어쩌면 인간에게는 모두 채워야 하는 '실패의 총
량'이 있는 게 아닐까. 일종의 빚을 지고 태어난 우리
는 실패하면서 흘린 눈물로 그 빚을 갚아나가야 하
고, 그래야만 원하는 걸 손에 쥘 수 있는 게 아닐까
하는 생각. 대신 그 양은 모두 공평하게 주어져서 어
린 시절이 조금 고되다면 노년은 평안할 것이고, 유
난히 실패의 경험이 적다면 훗날 고생을 하게 될지
어다… 하는 나만의 미신 같은 것.

"요즘은 왜 가사 선택을 잘 못 받는 것 같지?"
아프지만 스스로에게 묻는다.
"잘 썼으면 됐겠지."
더 성숙해지라고 주어지는 시간, 정해진 총량
을 채워야만 해서 어쩔 수 없이 주어지는 필수 불가

결한 시간. 이 원칙에 따르면 한 번 더 실패한 오늘이 어제의 나보다 성공에 가까울 것이다.

행복의
　　　반대말은
　　　비교 _____ ⦾⦾

인정욕구가 큰 사람들의 특징일까. 자꾸만 나를 증
명해야 할 것만 같은 생각에 사로잡히곤 했다. 세상
은 언제나 나를 잘 몰라주는 것만 같다는 느낌을 평
생 안고 살았다.

　　나의 첫 방송 경험은 템플스테이에 참여한 일반
인 연기(?)를 하는 것이었다. 모 지역 방송국에서 출
연료는 줄 수 없지만 방송 현장을 경험하게 해준다

며 아나운서 아카데미에 추천 의뢰를 했다. 나와 나보다 두 살 많은 언니가 참여자로 최종 결정돼 1박 2일 동안 촬영을 가게 되었다. 아카데미에서는 비록 작은 역할이지만 잘만 하면 리포터로 발탁될 수 있는 좋은 기회라고 했다. 나도 촬영장에 갈 때까지는 그런 꿈에 부풀어 있었다.

촬영장에서 우리가 할 일은 딱히 없었다. 108배를 하고 사찰식 식사를 하고 천천히 산책을 하며 템플스테이 과정을 그대로 따라가면 되었다. 그리고 한 번씩 어땠는지 인터뷰하는 정도였다. 언니와 나 누구도 크게 두드러지는 방송이 아니었고 내가 더 잘해볼 것도 없었다고, 돌아오는 길에 그런 생각을 했다. 그런데 결과는 예상과 달랐다. 언니는 그 프로그램에 고정 리포터로 발탁됐고 나에게는 아무 연락이 없었다. 누군가가 템플스테이 얘기를 꺼내면 '나도 해본 적이 있다'라고 말할 만큼의 경험만 손에 쥐어졌을 뿐이었다.

그때까지만 해도 나는 철이 없고 남을 인정하는

데도 서툴러 그 결과가 못내 속상했다. 실력을 보여 줄 수 있는 촬영이 아니었는데 뭐가 문제였을까? 언니는 나보다 예쁘고 나보다 키도 크고 나보다 밝고… 다 알겠는데! 내가 그렇게 부족해? 나도 잘할 수 있는데!

이 못난 마음은 꽤 오래 이어졌다. 정신을 차린 건 아카데미에서 스피치 수업을 듣고 나서였다. 스피치 주제가 뭐였는지는 기억나지 않지만 나만 선택받지 못한 그 상황을 납득할 수 없어 힘들었다고 털어놓았다. 선생님은 나를 따끔하게 혼냈다. '언니와 내가 뭐가 그렇게 크게 달랐는지 모르겠다…'라는 식의 생각 자체가 잘못된 거라고 지적했다. 그리고 뼈아픈 충고를 하셨다.

"누가 선택되든 그 결과에는 온당한 이유가 있는 것이고 내가 납득할 수 없다는 이유로 불만을 품어서는 안 된다."

매서웠다. 당시에는 선생님이 나를 미워하는 게 아닐까 하는 생각까지 들었지만, 덕분에 정신이 확 든 것도 사실이었다. 나는 스스로의 부족함만 찾고 있는 게 아니라 '이것 봐. 우리 둘 다 이렇게 똑같이 부족해'라고 주장하기 위해 언니의 단점까지 파헤치고 있었다.

아나운서 준비를 4년 더 하던 시기, 당시 선생님의 말이 나에게 자주 굵은 글씨로 떠올랐다. 합격한 사람에 대해 의문 품지 않기. 타인의 부족함을 찾지 않기. 그럴 시간에 나의 부족함을 어떻게 채울지를 연구하기. 물론 쉽지 않은 날도 있었다. 하지만 그럴 때마다 '내가 이렇게 못난 생각을 하니까 안 되는구나' 하며 스스로 되돌아볼 수 있었다. 그러다 보니 남은 다 잘나 보이고 나만 못나 보이는 순간이 잦아져 그건 그것대로 문제였으나 마음은 훨씬 편했다.

타인과의 비교를 멈추고 마음을 다스리기 위해 채택한 방법은 바로 가수 에일리의 〈보여줄게〉 가사 같은 마음가짐이다. 나의 부족한 점을 인정하되 스스로 괜찮다고 다독이는 마음. 아직 세상이 나를 몰라주는 거지 나는 어마어마한 잠재력이 있는 사람이라고 자기최면을 걸었다. 실제로 나는 욕심이 많고 꿈이 큰 사람이었으니 그게 그렇게 어렵지도 않았다. '일단 시키면 진짜 잘할 텐데'라는 다소 근거 없는 자신감을 가지고 끊임없이 도전에 몸을 던졌다.

여전히 나는 엄청난 인지도를 가진 아나운서도 아니고 거절받는 가사가 너무 많은, 아직도 갈 길이 먼 작사가다. 이런 날들을 에일리의 노래 〈보여줄게〉를 흥얼거리며 견딘다. '완전히 달라지겠다'라는 가사에, 나의 부족함을 인정하고 스스로 바꿔보려는 다짐과 다른 사람이 아닌 바로 어제의 나보다 나아지겠다는 마음을 담아본다.

앞으로 더 멋진 사람이 되려면 달라진 모습을 누군가에게 '보여주기'보다 나 자신에게 증명할 수 있다면 좋겠다. '언젠간 보여주겠어' 같은 당당함까지는 아니더라도 스스로 만족할 방법은 없을까. 작사계의 대선배님이 쓴 무척 멋진 가사이지만, 더 나은 나를 기대하는 마음으로 혼자 살짝만 바꿔 불러본다.

믿어볼게. 완전히 달라질 나.

애쓰지
않음으로
견디는 법 ＿＿＿＿＿＿＿＿ ∅

노력하지 않겠다고 마음먹는 것도 상당한 용기가 필요하다. 대체로 열심히 사는 방향으로 살아온 나는 그 결정이라는 것도 할 만큼 다 했다 싶을 때까지 노력해본 다음 자의 반 타의 반으로 내린다. 그럼에도 끝내 그렇게 하라는 명령어를 기입하기까지는 또 다른 용기를 끌어와야 한다.

2018년, 특별채용 시험을 앞두고 나는 많이 불안

했다. 애초에 계약직 아나운서 시험 같은 건 보는 게 아니었는데… 그 생각을 제일 많이 했다. 이번 시험에 서 떨어지면 그토록 다니고 싶었던 회사를 딱 1년만 다니고 나가는 셈이 되는데 줬다 뺏는 게 제일 잔인 하다고, 그건 오히려 아예 가지지 못했던 것보다 더 끔찍한 결과였다. 차라리 MBC 아나운서였다는 타이 틀이 없으면 어디 가서 멀끔한 신입인 척이라도 해 보겠는데 떼어낼 수 없는 이름표는 붙어버렸고 그사 이 1년이라는 시간까지 지나가버렸으니 오히려 입 사하기 전보다 미래가 더 암담해 보였다.

선배들 마음에 들고 싶은데, 그래야 좀 가망이 있을 것 같은데 다 같이 채용 시험을 앞둔 상태라 유 난스러운 행동을 하기도 쉽지 않았고 그런 유난스러 움을 선배들이 어떻게 받아들일지도 알 수 없었기 때문에 나는 어떤 선택도 하지 못한 채 방황했다. 그 저 주어지는 라디오뉴스를 하고, 와중에 밥을 사주 겠다는 따뜻한 선배가 있다면 동기들과 우르르 따라 나가 밥을 먹고, 또 사무실에 들어와서 필기시험 준비를 하는 나날의 연속. 선배들 또한 누군가를 특별히 잘해줄 수 없어 모두에게 거리를 두고 있었고 그 조심스러운 마음은 다 함께 공유하고 있었던 것이기에 사무실 분위기는 사뭇 어색했다.

그 무렵 친구들에게 나는 '죽고 싶다'라는 말을 많이 했다. 이 생이 얼마나 감사한 것인지를 모르고 그런 말을 내뱉은 것이 지금은 죄스럽게 느껴지지만 그때에는 정말 그랬다. 꿈을 이뤘다가 잃게 생겼는데, 그 바람에 다른 기회마저 날아가게 생겼는데 뭘 더 할 수 있을지 막막했다. 아나운서 시험에서 계속 떨어져서 일반 기업에 취업했을 때는 '이 삶도 나쁘지 않다'고 만족한 적도 있었는데, 한번 다녀보고 나니 오히려 더 잃기 싫었다. 인생은 나에게 특별한 운을 쥐어준 적도 없으면서 왜 이렇게 장애물이 많은 건지. 어쩌면 내가 생을 먼저 배반하는 게 가장 큰 복수가 아닐까 하는 심정이었던 것 같다.

한편 이런 음울한 마음을 들키는 게 채용에 안 좋은 영향을 줄 것 같다는 생산적인 걱정이 내 안에 자리하고 있었다. 결국 어떤 태도를 취해야 할지 몰라 아무 태도도 취하지 않은 채 지냈다.

특별채용 시험에서 붙고 나서 선배들과 이야기를 나눌 때 들은 이야기는 놀라웠다. 당시 나에게서 '그냥 나를 내버려둬' 하는 기운이 강하게 느껴졌다는 것. 사실은 그렇게까지 강경한 마음이 아니었고 '저도 저 자신을 어쩌지 못하겠으니 그냥 가만히 있을 게요' 정도였다. 그런데 그 모습이 마치 자신만의 평정을 유지하고 있는 것처럼 보였다고. 크게 불안해 보이지 않았고 알아서 잘 견디고 있는 것처럼 보였다고 했다. 흥미로웠다. 보류하는 태도는 때때로 평정을 유지하는 것처럼 보이는구나.

요즘도 당장 어쩌지 못할 상황을 마주하면 내 안으로 도망가는 방법을 택하곤 한다. 설탕도 넣었다가 간장도 넣었다가 나중에는 이도 저도 아닌 맛이 되어버리는 찌개처럼, 뭐라도 바꾸어보려고 애쓰는 시간이 나를 더 망칠지도 모르니까. 결과가 어떻게 되든 나는 이 시간을 지나가야 되는 사람일 뿐이라

는 마음으로 바쁜 걸음을 옮긴다. 도망치는 건 조금

은 비겁하지만, 용감한 일이기도 하다.

너희들
　　　것이니까 _____ ∅

계약직으로 입사해 특별채용 시험을 거쳐 정규직 아나운서가 된 나는 신입 공채로 들어온 친구들에 대한 열등감으로 꽤 오랜 시간 힘들었다. 회사에서는 공채 사원들과 함께 연수받을 수 있도록 배려해주었지만, 공채 동기들의 순수한 열정과 당당함은 연수를 따라간다고 가질 수 있는 게 아니었다.

꿈과 낭만에 부풀었던 그들의 첫날을 기억한다.

사령장 수여식 날, 주로 사내 대형 행사가 이루어지는 골든마우스홀에는 특채 사원들과 공채 사원들, 그리고 이들을 축하하기 위해 모인 선배들로 가득했다. 아직은 정장을 입은 게 어색한 신입 사원들과 방금까지도 편집하다 뛰쳐나온 편한 차림의 특채 사원들이 알 수 없는 구분선으로 나뉜 듯 앉아 있었다. 임원진은 한 사람 한 사람 호명하여 사령장을 수여한 다음 사원증을 목에 걸어주고 꽃다발을 주었다. 나도 이미 거쳤던 과정이었다.

특채 사원 사령장 수여식은 사장실 옆에 있는 대회의실에서 이미 간소하게 치러진 후였다. 장소는 달랐지만 나도 모든 걸 똑같이 받았다. 사령장, 사원증, 꽃다발까지. 딱 하나 다른 게 있다면 그들은 설렘과 기대감으로 몸을 떨었고 나는 죄책감과 두려움에 몸을 떨었다.

동기들을 모두 밀어내고 나 혼자 살아남았다는 죄책감과 기댈 곳 하나 없는 이 회사에서 어떻게든 살아남아야 한다는 두려움.

아나운서 동기들은 누구보다 행복해 보였다. 모든 사람이 그들을 호기심 어린 눈으로 관찰했다. 관심과 호기심 속에서 천진하게 회사 생활의 포부를 밝히던 모습. 내가 봐도 사랑스러웠다. 아나운서국 선배들은 무대에 있는 그들에게 다가가 커다란 꽃다발을 안겨주었다.

공채 사원들을 소개하는 시간이 지나고 곧이어 특채 사원들도 무대로 올라오라는 사회자 멘트가 이어졌다. 우리는 한 사람 한 사람 포부를 밝히진 않았다. 대신 일렬로 서서 선배들에게 간단히 인사를 하고 내려왔다. 조용히 무대 아래로 내려가는 내게 다가오는 사람은 없었다.

그로부터 며칠 후 신입 사원 연수원에서 만난 공채 동기들은 나에게 물었다. 선배들이 왜 내게는 꽃다발을 주지 않았느냐고. 당시에 내가 아나운서국에서 차별을 받느냐 안 받느냐가 신입 사원들의 여러 관심사 중 하나였기에 그런 질문은 당연했다.

"아, 나는 이미 받았어. 아마 그날 내가 거기 있을

줄 모르셨을 거야."

사실이었다. 누구를 탓할 일도 아니었다. 하지만 상처받는 사람이 꼭 의도할 때만 생기는 건 아니다.

수여식이 끝나고 아나운서국 사무실로 다 함께 돌아가는 길, 선배들은 당황한 눈치였다. 신입 동기들은 다행히 그런 미묘한 분위기를 눈치챌 여력이 없어 보였다. 그들은 아나운서국이 준비한 커다란 꽃다발과 회사가 준비한 작은 꽃다발을 들고 낑낑거리고 있었다. 나만 빈손으로 걷는 그 상황을 꽤나 곤혹스러워하던 선배들이 말했다.

"우리, 이건 수지 주자."

동기들 손에 들려 있던 회사가 준 작은 꽃다발 두 개가 내게 떠밀려 왔다. 갖고 싶지 않은 꽃다발이었다. 그들은 흔쾌히 내게 꽃다발을 주었다. 싫다고 하고 싶었지만 그럴 수 없어 나는 일단 꽃다발을 받아들었다. 사무실에 도착해서는 그들에게 다시 꽃다발을 돌려주었다.

"가져가. 이건 너희들 거니까."

그때부터 나는 아주 오랜 시간 그들을 질투하며 살았다.

"같은 신입사원인데 너는 왜 저들처럼 신선하지 않은 거니"라는 말을 매일같이 들으며. 동조하고 싶지 않아도 그들은 밝게 빛났다. 그래서 나는 생각했다.

'모든 영광과 기쁨은 너희들 것이니까 마음껏 빛나렴. 나는 이 회사에 남을 수만 있다면 그걸로 돼.'

선배들로부터 첫 방송 축하한다는 메시지를 그들은 받았다는데, 방송마다 선배들 피드백이 온다는데 내 휴대폰은 조용했다. 내게만 메시지가 오지 않은 것에 대해 오히려 당황하고 미안해하는 동기를 보면서 내 기분은 처참했다.

어린애처럼 사랑을 받고 싶었던 게 아니다. 나를 예뻐하지 않아도 괜찮았다. 나는 정말이지 '비교'되는 게 싫었다. 상대적으로 초라해지는 처지가 싫었다.

지금은 기억도 안 나는 사소한 일들이 내 마음을

몇 번 더 다치게 했고, 그러는 동안 나는 점점 못나졌다. 그들을 진정으로 내 동기라고 받아들이기까지는 꽤 오랜 시간이 걸렸다. 상처를 주는 건 선배들인데 미운 건 그들이었다. 그게 무슨 감정인지 나는 정확히 설명할 수 있다.

시기이고, 질투이고, 열등감이다.

나는 그 못난 감정에 눈이 멀었다. 신입 사원 연수에서 친해진 타 부서 동기들은 진작부터 내 동기 같았는데, 도무지 아나운서 동기들은 받아들일 수가 없었다. 그들도 그걸 느꼈을 것이다. 내심 미안했지만, 이미 넘치게 사랑받는 그들에게 내 마음 같은 건 필요하지 않을 거라고 합리화했다. 그러고 나면 그 정도 미안함은 쉽게 흐려졌다.

그 이후로 시간이 꽤 흘러 누가 막내인지 누구와 누가 동기인지 흐려질 무렵이 되어서야 열등감을 가까스로 벗어던질 수 있었다. 혼자 귀엽지 않은 막내로 살아가는 지겨운 회사생활이 막을 내린 것이다.

누구도 "너는 왜 저 아이들과 다른 거냐"라고 묻

지 않는다. 이제야 이 회사에서 '나'로 살아가는 기분

이다.

N잡러가
된다는 것 ⟋⟍⟍

9시 출근, 6시 퇴근하는 직장인으로서 가사를 쓸 시간은 퇴근 이후와 주말밖엔 없는데, 작사라는 것이 한두 시간 투자한다고 뚝딱 완성되는 것이 아니기에 결국은 잠을 줄일 수밖에 없다. 그렇다고 밤을 새면 다음 날 뉴스를 진행하는 데 지장이 생길 테니 마음 놓고 새벽을 불태울 수도 없다. 진퇴양난의 상황 속에 두 가지 일에 양해를 구하며 살아간다. 어떤 날은 덜 자고 회사에 미안해하고, 어떤 날은 더 자고 제출하지 못한 가사를 아쉬워한다.

또 한 가지 어려운 점은 어디서든 욕먹기 좋은 포지션이 된다는 것. 가까운 친구 중 한 명은 내가 작사가로서 자리 잡아갈수록 사내 시선이 곱지 않을 테니, 그 부분에 대한 각오를 해두는 게 좋을 거라고 이야기했다. 회사 일로 평소와 다름없는 불평을 해도 옆에서 볼 때는 "가사 쓰는 데 방해된다 이거야?" 하며 안 좋게 볼 수 있다는 것이다.

그 말을 듣고 덜컥 겁이 난 나는 오히려 전보다 더 아무 말 못 하는 직장인이 되었다. 조금 버거운 대타 요청이 와도, 휴일 근무가 많아져도, "가사 쓰려고 안 하는 거지?"라는 말을 들어서는 안 되었기에 조용히 일을 떠안았다.

이렇게 살다 보니 스트레스는 당연히 두 배, 상시적인 피로감은 물론이고 구내염을 달고 살게 되었다. 양쪽에서 덮쳐오는 일을 어쩌지 못해 가만 지켜보면서 이명을 듣는 것도 제법 자주 있는 일이었다.

아직 젊어 그나마 이 정도일 것이다.

투덜거리고는 있지만 그래도 이것만은 진심이다. 아나운서 일과 작사가 일을 함께하는 것이 자존감을 지키는 데 도움이 된다는 것. 일에 대한 집착이 큰 나는 한 가지 일만 했다면 그 일에 지나치게 몰두해 지금처럼 건강한 태도로 일하지 못했을 것이다. 매일 좌절하고, 남과 나를 비교하며 그나마도 한 줌 있는 자존감을 숭덩숭덩 썰어 흘려보냈을 것이다.

그런데 두 가지 일을 하는 지금은 다르다. 아나운서로 일이 잘 안돼도 당장 내일까지 써서 제출해야 하는 가사가 있으니 일단 고민은 내일모레로, 잘 썼다고 생각한 가사인데도 아무 연락이 없을 때 당장 정시 뉴스를 소화하기 위해 기사를 봐야 하니 좌절은 뉴스 끝나고. 이렇게 미룰 수가 있다. 쉽게 고민을 끊어내지 못하는 나에게는 퍽 도움이 되는 방향이다.

더는 과거를 덧없이 '복기'하지 않아 얼마나 다행인지. 기분 나쁜 일을 쉽게 떨쳐낼 수 없는 건 지금도 마찬가지지만 사소한 불편함은 퇴근길에 오늘 써야 하는 가사에 대한 생각을 시작하는 순간 이미 사라져 있다. 이토록 정신없는 내게 사소한 일은 침투조차 하지 못한다.

쓰다 보니 알겠다. N잡러가 된다는 것은 지금처럼 이렇게 오락가락하는 일이다. 좋았다가, 안 좋았다가, 그래도 좋다는 생각에 이르게 되는 것. 행복하지만 힘들고, 힘들지만 행복하다.

200%로
살아가야지 _____ ∅

가끔 진정한 노력이란 무엇일까 생각한다. 나 자신
이 알고 인정할 수 있을 만큼의 노력이 진짜일까, 아
니면 남들이 '쟤는 정말 열심히 해' 인정해야 진정한
노력일까. 사내외 평판이 곧 성과가 되는 아나운서
라는 직업을 갖고 살아가면서 나의 노력을 조금 과
장할 필요가 있지 않나 하는 생각을 자주 하곤 했다.

"뉴스 관심 없으면서 있는 척 잘하더라? 연기력 좋던데?"

보도국 선배와의 식사 자리에서 이 말을 듣고 나는 몹시 당황했다. 2017년부터 쭉 뉴스만 해왔는데 관심 없다는 소리를 듣다니. 나는 도대체 일을 얼마나 엉망진창으로 한 거지? 순간 울컥해서 손에 있던 신문을 들어 보이며 볼멘소리로 대답했다.

"아니, 선배님! 지금 제 손에 이 신문 안 보이세요?"

장난 섞어 반박했지만 불편한 마음이 가시지를 않았다. 선배의 이야기를 쭉 들어보니 작사가 활동을 같이 하고 있기 때문에 회사 일에는 관심이 덜할 수밖에 없을 것이고, 소위 말하는 '대박'이 나면 당연히 퇴사하지 않겠냐는 생각이 깔린 것 같았다. 작사가로 데뷔하고 '투잡'으로 주목받게 되면서 마주하는 시선이었다.

사랑하는 직업을 어떻게 등한시할 수 있을까. 나는 정말 여전히 아나운서로서 해나가는 일이 좋다.

간혹 매너리즘에 빠지는 순간도 있고, 흔들리는 마음을 다잡아야 할 때도 있지만 그래도 스스로 아나운서라는 사실이 얼마나 감사한지 모른다. 여전히 나는 '잘하는' 아나운서로 인정받고 싶고 무슨 일이든 믿고 맡길 수 있는 사내 구성원이 되고 싶다.

앞에선 말도 못 하고 뒤늦게 항변하는 것 같아 조금 우습기는 하지만 나는 2010년대의 MBC 라디오 뉴스를 즐겨 듣는다. 내가 좋아하는 선배 아나운서들의 뉴스를 듣기 위해서다. A선배는 이렇게 어미 처리를 하는구나, B선배는 문장을 이렇게 끊어 읽는구나.

오래전부터 여러 선배의 뉴스를 비교해가며 내게 잘 붙는 방법을 차용하는 식으로 연습해왔다. 계속 뉴스를 하다 보면 내가 어떻게 이상해지는지 알수가 없기 때문에 확실한 비교군이 필요하다. 나는 보통 선배들의 뉴스에서 그 답을 찾았다.

시사 흐름을 파악하는 것도 마찬가지다. 매일 뉴스를 진행하면서 절대 공부를 게을리할 수 없다. 다른 앵커들이 얼마나 공부하며 사는지 정확히 알 수 없기에 누군가 보기에는 내 공부량이 부족할 수도 있겠지만, 적어도 관심 없다는 말로 단정될 만큼 열심히 하지 않은 적이 없다. 언제나 나 자신에게 당당했기 때문에 남들이 알아주든 말든 그건 상관없다고 생각했다. 그럼에도 노력을 인정받지 못한다는 건 이렇게 무방비한 상태에서 공격받을 수도 있는 일이었다.

처음엔 생색이라도 좀 내볼까 싶었다. 신문을 챙겨 읽으며 공부하는 모습처럼 너무 당연해서 드러낼 생각조차 하지 않았던 일이나 평소 마음가짐 같은 것들을 드러내야 할까? 그러다 이런 생각에 도달했다. 이건 티를 내고 말고의 문제가 아닐 수도 있다. 누군가에게는 내가 작사가와 아나운서 사이에서 양쪽에 발을 걸쳐놓고, 50%씩 에너지를 나누고 있는 것처럼 보일 수 있다는 사실을 먼저 받아들여야 했다. 그게 내가 선택한 길인 이상 양쪽에 100%를 다 쏟으며 살아가고 있음을 증명해내야 한다는 것도 받아들여졌다. 억울하지만 억울할 수 없었다. 억울하기 싫으면 한 가지를 버리면 되는데, 둘 다 버리기 싫었으니까.

도합 200%로 살아가야지. 가끔은 어느 한쪽에 소홀해질 수밖에 없겠지만, 적어도 마음가짐만큼은 어느 쪽에도 부족하지 않도록 에너지를 쏟으려 한다. 그게 혹시 미래에 쓸 에너지까지 끌어다 쓰는 일이 될지라도.

때로는
아예 다른 사람이
된 것처럼 ──────────── ∅

"말도 안 되는 일을 계속해서 벌이는 것 자체가 우리를 그나마 나은 곳으로 이동시키는 거야."

김초엽 작가의 소설 《지구 끝의 온실》 중에서 가장 사랑하는 구절이다. 현재로서 안전하다고 판단되는 곳에 머물 것인가, 아니면 더 나은 곳을 향해 나아갈 것인가. '돔'에 머물지 위험한 밖으로 나갈지, 주인공은 '현상 유지'는 없다는 판단 아래 종말을 피해 낮

선 곳을 향해 간다.

낯설고 위험하지만 밖으로 걸어나가는 용기. '난 지금이 최선이야' '가늘고 길게 가는 게 최고야' 같은 말을 툭 하면 내뱉곤 하는 나에게 필요한 것이었다.

나는 방송을 끝내자마자 모니터링하기보다 어느 정도 쌓이면 한꺼번에 하는 편인데, 그때마다 이렇게까지 그대로인 게 맞나 싶어 불안이 찾아오곤 한다. 7년째 뉴스를 하고 있으니 당연히 나빠진 건 없는데 그렇다고 대단히 새롭지도 않은 상태. 뭔가 더 나아질 수 있다면 그러고 싶은데 어떻게 해야 할지 방향은 잘 보이지 않는다. 그렇게 멈춰 있는 게 바로 지금의 나라는 생각이 드는 것이다.

여기서 뭘 더 잘할 수 있을까. 잘한다는 그 지점은 어디인가. 답답하던 어느 날 이 질문을 한 선배에게 던졌다. 잘한다는 칭찬만 해주던 선배가 처음으로 조언을 건넸다. 아예 내가 하던 방식을 다 버린다는 생각으로 뉴스를 해보라고. 안정적이지만 늘 제

자리걸음인 내 진행을 역시 선배도 모를 리 없었다. 위태롭다고 느낄 만큼 빨리 읽어보거나 아예 스타일을 바꿔보면 어떻겠냐는 제안도 했다. 나는 그러겠노라 대답하고 실제로 그렇게 하려고 노력해봤지만, 다시 모니터링할 때 본 내 모습은 이전과 큰 차이가 없었다.

하지만 적어도 그날 이후로 뉴스가 재미없지 않았다. 어떻게 하면 조금 다른 느낌으로 전달해볼까 매일 고민했기 때문이다. 그간 뉴스와 최대한 거리를 두고 과잉된 감정을 전달하지 않으려고 했던 것과 반대로 조금 더 감정을 실어 읽어보기도 하고, 긴박한 뉴스는 조금 더 빠르고 생생하게 읽어보기도 하면서 '다른 뉴스'를 하기 위해 부단히 노력했다. 이런 티 안 나는 시도가 시청자에게는 어떻게 다가갔을지 알 수 없지만 적어도 이전처럼 머릿속에 물음표를 띄워두고 뉴스를 할 때와는 다른, '잘해내고자 하는' 마음이 내게 있다는 것만으로도 정체된 기분에서 벗어날 수 있었다.

사람의 성향이라는 게 어떤 일을 하든 똑같이 나타나는 건지, 작사 작업과 관련해서도 비슷한 갈증을 느끼곤 한다. 안정적이고 깔끔하며, 과도한 무리수를 두지 않는 가사. 그게 장점이긴 하지만, 눈에 확 띄지는 않는다는 것. 내 작사의 특징이었다. 작사학원 실전반 수업을 들을 때부터 내 가사를 지켜봐온 선배 작사가에게 어떻게 해야 '채택될 확률'을 높일 수 있는지 물었다. 그러자 아나운서 선배와 짠 것처럼 같은 조언을 해주었다. "아예 다른 작가가 된 것처럼 가사를 써봐."

나와 정반대의 스타일로 쓰는 작사가의 가사를 화면에 띄워두고 라임은 어떻게 정리하는지, 구간마다 표현의 무게감은 어떻게 두는지 유심히 보고 마치 그 작가가 된 것처럼 가사를 써보라는 것이다.

HYBE 걸그룹 오디션 프로그램인 'R U Next?'의 테마곡 〈전속력으로〉 가사를 쓸 때 이번 시안은 어떻게 되든 '나답지 않게' 쓰는 것만 생각하기로 마음먹었다. 채택되는 것보다 '다른 작가'가 되어보는 게 더 중요했다. 나와 스타일이 다른 여러 작사가의 가사를 오래전 가사부터 최근 작까지 꼼꼼하게 훑어봤다. 그리고 평소에는 시도하지 않는 방식을 시도하기로 했다. '응? 갑자기 이 단어가?' 생소할 정도로 특이한 단어를 넣어보기, 라임을 맞출 때만 영어를 쓸 것이 아니라 곳곳에 영어를 섞어보기(영어는 가창자가 부를 때 더 편하게 부를 수 있다는 장점이 있다), 감정선보다는 '꽂히는' 표현에 더 집중하기. 이게 항상 정답은 아니겠지만 감정에 집중해왔던 내 오랜 스타일에서 벗어나기 위한 방법이었다. 제출한 지 얼마 지나지 않아 최종본 가사를 받았는데 내가 쓴 부분이 많았다. 의미 있는 시도였던 것이다.

지금은 제 속도를 유지하는 것처럼 보여도 세상의 빠른 유속에서 보자면 서서히 뒤로 밀려가고 있는 것인지도 모른다. 지금도 큰 문제는 없지만, 왠지 정체된 기분일 때는 과감하게 한 발짝 떼어보자. 아예 다른 사람이 된 것처럼.

그렇다고 나만의 색깔을 잃어버리는 건 아닐까 걱정할 필요는 없다. 나에게는 엄청난 변화겠지만 다른 사람들에게는 그저 조금 달라 보이는 정도일 테니까.

지금 불안한 건
간절하기
때문 ——————— ◯◯

도무지 덜어지지 않는 불안에 대해 여러 번 생각해 보았다. 가사를 3년째 쓰고도 이렇게 불안한 건 아무래도 내가 그만큼 노력하지 않았기 때문일까? 가사를 완성하는 것보다 더 큰 숙제는 쓰는 내내 나를 지배하는 불안을 조금이라도 덜어내는 거였다.

불안 때문에 거침없이 쓸 수도 없었고, 쓰면서도 '다른 작가들이 더 잘 쓸 텐데 내가 이걸 쓰는 의미가 있나?'라는 생각에 사로잡혀 마음이 괴로웠다.

　몸 어디 한구석이 불편하면 옆으로 누워보고, 일어서보고, 조금씩 걸어도 보는 그런 마음으로 이런저런 시도를 해봤다. 시안의 퀄리티가 좀 떨어지더라도 무조건 많이 제출해보기도 하고, 또 어떤 시기에는 정말 잘 쓸 것 같은 곡에만 시간을 통째로 부어보기도 했다.

　그러던 어느 날 A팀의 앨범에 들어갈 기회를 아깝게 놓치고 나자 스스로 이 불안을 끝내 이기지 못할 거라는 확신에 다다르고 말았다. 작사가는 가사를 쓰는 사람이지만 동시에 음악을 사랑하는 사람이기도 하기에 수많은 데모곡 중에도 각별하게 좋아하는 곡이 생긴다. 그런 곡을 작업할 때는 애써 잠재운 손톱 뜯는 버릇까지 도질 정도로 마음이 조급해진다. 그 팀의 곡은 꼭 그렇게 사랑한 노래였고, 몇 번이나 수정해가며 '영혼을 갈아' 작업했다. 시안을 제출하고 일주일이 지난 어느 밤, 퍼블리셔로부터 연락이 왔다. 일단 수정본을 보고 채택 여부를 최종 결정하겠다고.

이게 어떤 기회인데! 어떻게든 잡아야지. 아예 새로운 가사를 쓰라고 해도 열 개는 더 쓸 수 있어! 불타는 마음으로 공을 들여 수정본을 완성했다. 제출만 했을 뿐인데도 벌써 노래가 세상에 나오기라도 한 것처럼 들뜨고 설렜다.

머릿속으로는 계속해서 '연락이 안 올 수도 있어. 그래도 상처받지 말자. 수정 요청을 받은 것만으로도 굉장한 일이야'라고 생각했다. 하지만 진짜 연락이 안 오고, 앞으로도 안 올 것이라는 게 분명해진 그날, 마음이 와르르 무너져 내렸다. 상처는 받지 말자고 결심한다고 해서 안 받을 수 있는 게 아니었다. 차라리 아예 연락을 받지 않았더라면 더 나았을까? 거의 내 것이었는데, 손에 힘만 주면 끝이었는데 이렇게 놓쳐버리다니. 어느 부분이 부족했는지 설명을 들을 수도 없었기 때문에 나는 '잠수 이별'이라도 당한 것처럼 앓아누웠다. 세상에 그 곡이 나온다면, 거리에서 우연히 그 곡을 듣게 된다면 어디론가 도망

처버리고 싶을 지경이었다.

쓰기 싫다. 아니, 쓸 수 없다. 이런 감정을 느낀 건 처음이었다. 그 이후로도 수많은 곡 의뢰가 들어왔고 내가 사랑하는 가수의 곡도 있었지만, 곡을 몇 번 듣고는 노트북을 덮어버렸다. 쓰고 싶어도 써지지 않았다. 일말의 자신감, 혹여 근거 없는 것이라 할지라도 그런 게 나를 지탱해주어야 한 글자 한 글자 나아갈 수 있는 건데 그 막연한 감정들이 내게서 깨끗하게 도망쳐버린 것 같았다.

친한 작가들과 지인에게 '휴업'을 선언했다. 도망치는 것밖에는 방법이 없었기 때문에. 다시 한 글자라도 써질 때 돌아오겠다고 말하고 작사와 아예 멀어졌다. 작업을 하지 않으니 퍼블리셔로부터 오는 연락을 기다릴 필요도 없었고 마음이 일면 편안했다.

언제고 다시 시작해야 할 일이었지만, 무엇을 시작점으로 잡아야 하는지 보이지 않았다. 그러다 SNS에서 글귀 하나를 발견했다.

어떤 일을 두고 마음이 불안한 건 실력이 부족해서가 아니라, 너무 간절하기 때문이다.

이토록 불안하고 슬픈 건 실력이 부족하기 때문이라고만 생각했다. 출중한 작사가와 나의 간극은 끝끝내 좁힐 수 없는 것이라고. 그래서 내가 무너질 수밖에 없는 것이라고.

하지만 실력과 별개로 너무 '간절해서'라면, 이야기는 달라진다. 그냥 내가 너무 많이 사랑해서 이렇게 아플 수밖에 없는 것이라면 그건 정말 어쩔 수 없는 영역 아닌가. 간절한 마음인 이상 계속 불안한 거라면 나는 이 불안과 손을 잡을 의향도 있었다.

불안하다. 그래서 힘들다. 그렇지만 불안함이 당연한 것이라면 불안한 채로 계속 사랑하자. 너무 사랑해서 발을 동동 구르는 마음을 인정하니 차라리 조금 편해졌다.

조금씩 다시 작업을 시작하고 있다. 물론 A팀의 곡이 세상에 나오는 날 다시 한번 무너지기야 하겠지만, 그날이 오기 전까지 아마 조금씩은 걸어갈 수 있을 것이다.

입스는
　　　그냥
　　　지나가는 거야 —————— ⌀

작사가들끼리 모이면 꼭 하는 말이 있다. 이 일만큼
사람의 자존감을 무너뜨리는 일도 없다는 것. 두 가
지 일을 병행하는 사람으로서 나도 의견을 내자면,
정확히 그렇다 하겠다. 모두가 방송 일이 더 힘들지
않냐고 묻지만 마음이 더 힘든 건 작사 쪽이다.

　　비교하자면 이렇다. 아나운서는 일 자체가 힘
들다. 즐겁게 할 수 있는 프로그램도 있지만 대부분

부담감이 함께 찾아온다. 팩트 체크에 대한 부담, 시사 흐름을 꿰고 있어야 한다는 부담, 우리말을 정확히 구사해야 한다는 부담, 엄격한 도덕적 잣대에 대한 부담 등 그야말로 애써야 하는 부담이 크다. 더군다나 내가 하는 말이 어디까지 퍼져나갈지 모른다는 압박감 속에서 일상적인 한마디조차 쉽게 내뱉지 못하는 게 이 직업을 가진 사람들의 숙명이자 슬픔이다. 그래서 일에 대한 피로도가 높고 솔직히 말해 일을 '웃으면서' 하긴 어렵다. 미간을 찌푸리고 그 찌푸린 힘으로 한 걸음 한 걸음 내디디며 나아간다는 게 정확한 표현일 것이다.

반면에 작사 일은 쓰는 과정 자체는 즐겁다. 아나운서 일처럼 실시간으로 '사실'과 다투는 일도 아닌 데다 세상에 발매되지 않은 좋은 음악을 미리 실컷 들을 수 있다. 비트와 멜로디에 맞는 좋은 뜻, 좋은 소리의 단어를 찾아 채워가는 재미도 있다. 가사를 완성했을 때 기대했던 것보다 전체적인 균형도 좋고 메시지도 좋다면 만족감은 더 커진다. 어쨌든 매일 무언가 아름다운 글을 만들어 '완성작'을 쌓아간다는 것이 나를 다채롭게 채우는 것 같아 흡족하다.

다만 문제는 상처받는 마음이다. 나만 행복하고 나만 잘 썼다고 생각해봤자 이 일은 동그라미를 그려주지 않는다. 아니, 동그라미 그려주지 않아도 좋으니 왜 엑스인지 대략적으로나마 알 수 있었으면 좋겠는데 채택되지 못한 이유를 알려주지 않는다.

무엇보다 가장 힘든 건 이렇게 이유 없이 밀려나는 일이 매일매일 벌어진다는 것. 한번은 거절당하는 게 힘들어 작업량을 확 줄여보기도 했다. 일주일에 한 곡만 쓰자. 2주는 아무 생각 하지 말고 그냥 쓰지 말자. 그런데도 마음이 나아지지 않았다. 열심히 쓰면 '아니, 이렇게까지 열심히 하는데 왜 이렇게 안 돼?'라는 생각이 들고 안 쓰면 안 쓰는 대로 '아니, 써도 안 되는데 이렇게 안 쓰기까지 해도 되는 거야?'라는 생각이 드는 것이다. 이 답 없는 작사의 세계는 마치 회피형 인간을 마주한 것처럼 기다리는 사람의 마음만 타들어간다. 아무리 대답 없음이 답이라지만 너무 힘들잖아!

 가사가 전처럼 자주 채택되지 못하는 것은 물론이고 스스로도 가사가 마음에 안 들어 땅을 파고 있었는데 이런 내 모습을 보며 남편이 한마디 했다.

 "입스 왔네."

 운동선수가 압박감을 이기지 못하고 실수하는 현상. 쉽게 말해 '슬럼프' 같은 것이다. 처음 이 말을 듣고는 습관적 땅굴 파기 대가인 나에게 그런 고급 용어를 붙이는 게 멋쩍고 황당해 킬킬 웃어버렸다. 그런데 생각할수록 내 상황이 정말 입스와 닮아 있었다. 데뷔한 지 얼마 안 돼 그 슬럼프조차 섣부르다고 해도 할 말은 없지만, 압박감 때문에 가사를 쓰는 게 점점 힘들어지던 차였다.

 데뷔하기 전에는 어떤 식으로 써야 채택되는지 몰라서 쓰고 싶은 대로 자유롭게 썼다. 다른 가사를 보고 '아, 이렇게 써야 채택이 되는 거구나' 생각은 해도 그냥 마음으로 감탄할 뿐이었다. 누군가의 스타

일을 제대로 따라 해보는 것조차 안 되는 무지렁이였기 때문에 그냥 획획 써서 제출하고 획획 떨어지는 시원시원한 날들이었다.

나만의 스타일이랄 것도 갖춰진 게 없어서 시안마다 느낌도 크게 달랐다. 그러던 와중에 데뷔를 하고, 꽤 빠른 시간 안에 여러 곡이 발매되었다. 여러 곡이 채택되며 실력이 검증된 줄 알았던 나는, 그 이후 뜸해진 '수정 요청' 소식에 방황하기 시작했다.

발매되는 곡마다 '이렇게 썼어야 했었나 봐' 매일 생각이 달라졌다. 어떤 날엔 '힘을 준 표현보다는 역시 어떤 곡에 붙어도 자연스러운 무난한 표현들이 최고지' 생각했다가 (작사가들끼리는 '무난하게 잘 쓰는 게 진짜 어렵다'라고 입을 모은다) 어떤 날엔 '아! 역시 이렇게 무리수에 가까운 새로운 소재를 찾아냈어야 해' 좌절했다가, 어떤 날엔 '나도 이렇게 시적으로 써봤어야 했나' 후회하는 등 생각이 널을 뛰는 것이다.

입스라는 게 있다면, 그리고 내가 겪는 게 입스라면 그럼 나는 어떻게 지나가야 하는 걸까. 방황하는 사이 남편과 나는 뒤늦게 〈우리들의 블루스〉라는 드라마에 빠져들었다. 드라마에는 골프 선수인 딸을 가진 아빠가 등장하는데, 입스 때문에 힘들어하는 딸에게 이렇게 조언한다.

입스는 그냥 지나가는 거야. 견디면 돼.

나는 그 장면을 보고 생각했다. 1분 1초로 달라지는 성과의 압박에 시달리는 스포츠 선수의 입장에서 '그냥'이라는 말이 얼마나 무책임하게 느껴질까. '지나간다'라는 말은 또 얼마나 천년처럼 길게 느껴질까. 운동을 해보지도 않아놓고 어렴풋이 그 마음의 근처에 살짝 갔다 와본 것만 같은 기분이 들었다. 하지만 그 아픔이 멈춤의 이유가 될 수는 없다. 이리 뒹굴고 저리 뒹굴어도 이미 와버린 입스를 떨칠 수 없으니 나는 그저 '또' 해야만 한다는 걸 안다.

몸이 풀리지 않은 것처럼 한 걸음 떼기가 이토록 어렵지만 또 한 문장만큼 걸음을 옮긴다. 얼마큼의 시안이 더 쌓여야 다음이 있을지 모르겠지만, 데뷔가 2년이나 걸릴 줄 몰랐던 것처럼 입스가 더 길어질지도 모른다고 최악의 최악도 가정해본다. 그리고 나도 어느 날엔 누군가에게 드라마 속의 인물처럼 말할 수 있었으면 좋겠다. 입스는 그냥 지나가는 거라고.

×

chapter 2

결핍은 나를
무너지게 하지 않는다

×

빠져서도 안 되고,
뛰어 넘을 수도 없는 넓은 슬픔

사는 게 유난히 버거웠던 학창 시절,

옆 학교 도서관에 자주 가곤 했다.

그곳에서는 조그만 도서실에 없는 책을

잔뜩 만날 수 있었다.

오래된 나무 의자에 앉아

널찍한 테이블에 책을 네댓 권씩 쌓아두고

허겁지겁 활자를 삼키고 나면

무거웠던 하굣길 마음이 조금 가벼워졌다.

당시 유행했던 일본 소설의 건조한 문체와

이해할 수 없을 만큼 쿨한 그들의 속내가

요란하게 끓는 10대의 마음을 잔잔히

가라앉혀주었던 것 같다.

지금도 넘치는 감정을 책으로 달래며 산다.

우울한 날엔 집으로 향하던 걸음을 돌려서라도

서점으로 향한다.

살아온 시간만큼 취향도 넓어져

책도 감정의 종류에 맞춰 선택할 수 있다.

책을 뗏목 삼아

어찌지 못할 감정 위를 건너간다.

빠져서도 안 되고, 뛰어넘을 수도 없는 넓은 슬픔은

둥실 건너가야 한다는 것을

이제는 조금, 안다.

부족함 없이
사랑받고 자란
딸이라는 이미지에
대하여 ⎯⎯⎯⎯⎯

"회사 가면 아빠 얘긴 꺼내지 마."

아나운서 합격 소식을 알렸을 때 친구는 가정사를 꺼내지 말라는 당부부터 했다. 부모님의 이혼, 아빠의 부재에 대해 사람들이 알게 되면 무시당할지도 모른다고. '사랑받는 딸' 이미지여야 회사 생활에 어려움이 없다고 했다. 나는 그의 말이 뭘 뜻하는지 알

앉다. 사람들이 얕잡아 보지 않게 날 잘 지키라는 뜻에서 한 말이니 참견하지 말라고 쏘아붙일 일도 아니었다. 그래서 아무 말도 하지 않았지만 한 번도 그 이야기를 깊게 새긴 적은 없다.

한 방송에 나와 집안 환경이 넉넉지 못했다는 고백을 한 이후 마냥 즐겁기만 했던 건 아니다. 아직은 사랑받으며 구김 없이 잘 자란 이미지에 대한 미련을 버리지 못한 걸까. 그런 얘기를 왜 굳이 했느냐는 주변 사람들의 이야기에 짐짓 강한 척 "그게 나인데, 뭐"라고 말은 했지만 마음 한쪽이 계속 불편했다.

사람에게는 각자 가진 것과 가지지 못한 것이 있다. 이를테면 누군가는 교정을 안 해도 고른 치열을 갖고 있지만 누군가는 그렇지 못해 어릴 때부터 교정을 해야 하거나, 누군가는 운동을 많이 안 해도 근육이 금방 붙지만 누군가는 아무리 열심히 운동해도 근육량이 더디게 는다. 내게 아빠의 부재란 그런 것이었다. 있으면 좋지만 없을 수도 있는 그런 일. 하지만 세상은 계속 이런 생각으로 살게 내버려두지 않았다.

회사 선배와 동기들이 함께한 술자리였다. 동기 중 한 명이 피아노를 수준급으로 쳤는데 곧 연주회를 가질 예정이라고 했다. 선배가 어떤 성격의 연주회냐고 묻자 친구는 '취약계층을 위한 연주회'라고 답했다. 주제로 보나 흐름으로 보나 어디에도 내가 끼어들 틈이 없는 대화였다. 그런데 대뜸 선배가 나에게 시선을 옮기며 말했다.

"수지 씨, 그 연주회 꼭 보러 가야겠네! 수지 씨 취약계층이잖아?"

소름이 끼쳤다. 방송이 나간 지 얼마 안 된 시점이었다. 아마 선배도 그 방송을 봤을 터였다. 사내에서는 소소하게 화제가 됐고 나에게 애정을 갖고 잘해주던 선배였으니 그 방송을 편집된 영상으로라도 봤을 게 분명했다. 그런데 나의 그 고백이, 그 용기가 이런 칼날로 돌아오다니. 인간의 잔인함에 마음이 얼얼했다. 어쩌면 친구들 말이 맞았을지도 모른다는 온갖 패배적인 생각이 몰려왔다.

하지만 나의 삶과 나의 슬픔, 나의 의지를 설명하려면 그 사실을 밝힐 수밖에 없다. 야간자율학습을 마치고 집에 돌아가는 하굣길에 데리러 올 아빠가 없어서 슬펐다는 사실을, 교환학생을 떠날 때 공항에서 배웅하는 아빠가 없어서 슬펐다는 사실을, 첫 차를 살 때 함께 알아봐줄 아빠가 없어 슬펐다는 사실을 언젠가 한번은 털어놓고 싶었으니까.

그럼에도 어두운 밤 혼자서 씩씩하게 집으로 향하며, 마치 세상의 무게 같던 큰 트렁크를 혼자 끌며, 여기저기 물어 첫 차를 구입하며 나는 단단하게 자라났다. 이른바 '남자 어른' 없이도 충분히 삶을 잘 가꿀 수 있다는 사실을 배웠다.

무른 흙을 다지듯 슬픔으로 물러진 삶을 다져야 했던 나는 스스로 단단한 뿌리가 될 수밖에 없었다. 그게 지금은 자랑스럽다.

제게는 아빠가 없어요.

이 사실을 이렇게나 힘주어 털어놓는 건 '그럼에
도' 잘 살아왔기 때문이다.

낯선 온도에
숨이 막혀도
워밍업 없이
가보고 싶어 _____

어떤 일이든 기세 좋게 뛰어드는 일은 나와 거리가 멀었다. 내성적인 성격을 가진 아이들이 대개 그렇듯 발표가 제일 두려웠고, 성적도 어중간해 1등을 꿈꾸기엔 언제나 부족했다.

'일단 해보는 것'의 재미를 알게 된 건 중학교 2학년 때였다. 당시 유행했던 인터넷 소설에 미친 듯이 빠져 있던 나는 단행본으로 출간된 소설은 물론, 인터넷 소설 커뮤니티에서 연재되는 유명하지 않은 소설까지 섭렵하고 있었다. 노래를 들으면 함께 노래를 부르고 싶고 춤을 추면 덩달아 춤추고 싶은 것이 사람의 본능인지라 나 역시 소설을 써보고 싶다는 마음을 자연스럽게 품게 됐고 별다른 고민 없이 첫 줄을 써 내려갔다.

그럴 수 있었던 건 기대가 없었기 때문이다. 대단한 조회수를 얻고 싶었던 것도, 책을 내고 싶었던 것도 아니다. 공부를 그다지 열심히 하지 않았던 내게 비는 시간이 많았고 그 시간을 때우기 위해 노트에 생각나는 이야기를 풀어냈을 뿐이었다. 마침 주변 친구들이 내 소설을 재미있게 읽어줬기에 그나마 이야기를 이어나갈 수 있었다. 연재를 이어가던 중 커뮤니티에서도 조회수가 수백 단위로 나오기 시작했고 한 출판사에 내 소설을 추천한 독자 덕분에 책까지 내게 됐다. 이때 얻은 성취감은 그 이후로 많은 일을 저지르듯 행동하게 했다.

열여덟엔 작사가가 될 뻔한 적도 있다. 지금처럼

작사학원이 없던 시절이어서 작곡가에게 직접 곡을 받아야만 그 세계에 발을 디딜 수 있었다. 지극히 평범한 내 주변에는 음악의 끄트머리에 가까운 사람조차 없었고, 나는 없는 인연을 만들기 위해 직접 작곡가들의 미니홈피를 뒤져 메일을 보냈다. 당장 작사가가 되지 않아도 좋으니 가능성이라도 평가받고 싶은 마음이었다.

여러 작곡가에게 메일을 보내고 대답 없는 대답을 받고, 혹은 너그러운 누군가로부터 격려도 들었다. 그러던 중 한 작곡가로부터 데모곡을 보내줄 테니 가사를 써보라는 제안을 받았다. '어리지만 가능성이 충분해 보인다'라는 말에 심장부터 손끝까지 떨렸다. 무려 세 곡이나 되는 데모곡을 받아 설레는 마음으로 작업했다. 이대로 정말 데뷔인 걸까? 열여덟의 작사가! 너무 짜릿하잖아? 기대했지만 물론 답은 오지 않았다. 얼마 후 그 곡들이 내가 좋아한 신화 멤버의 솔로앨범에 수록된 것을 확인했고, 비루한 내 가사와 비교해보며 왜 답을 받지 못했는지 온몸으로 이해했다.

그래도 그게 어디냐고. 상처가 조금 아물고 나니 그런 생각이 들었다. 곡을 받아본 게 어디야. 실제로 작업을 해본 게 어디야. 업계에 있는 누군가로부터 '가능성 있다'라는 말을 들어본 게 어디야. 이룬 게 아예 없지는 않은 것이다. 역시 준비가 덜 되어 있어도 일단 가봐야 한다. 나는 '일단'이라는 두 글자를 마음 깊이 새겼다.

지금도 포기하고 싶은 순간을 수없이 마주한다. 감당해내지 못할 것 같은 부담스러운 방송을 앞두고, 아직도 이 일은 나와 적성에 맞지 않는 것 같다고 거듭 생각한다. 내가 가진 마음의 크기는 옹졸하기 그지없는데 내가 맡은 일은 너무 커서 자격이 없다는 생각도 자주 든다. 아무리 공부해도 누구 앞에서나 당당할 만큼 똑똑한 사람은 되지 못할 것 같다.

작사라고 다르지 않다. 정말 잘 쓰고 싶은 곡을 만나면 끝내 이 곡에 어울리는 가사를 쓰지 못하고

망쳐버릴 것만 같다는 생각에 도망치고 싶어진다. 나는 상상력이 뛰어난 사람도 아니고 메모장에 좋은 표현을 저장해두는 치밀한 사람도 아니어서 곡이 들어오는 대로 급하게 가사를 쓸 뿐인데, 이러다 밑천 드러나는 건 금방이라는, 아니 어쩌면 밑천은 이미 드러난 걸지도 모른다는 생각도 자주 한다.

하지만 준비운동을 아무리 많이 해도 완벽해질 수는 없다. 모두 다 각자의 '최대치'를 이끌어낼 뿐 사람이 하는 일에 어떻게 완벽이 있을 수 있을까.

'낯선 온도에 숨이 막혀도 워밍업 없이 가보고 싶어.'

나의 데뷔작이자 내가 가장 좋아하는 가사인 CIX의 〈숨〉 가사는 이렇게 탄생했다. 완벽해지기를 기다리며 망설이고 싶지 않다. 워밍업 하는 시간을 줄여야 한다. 손과 발을 물에 적응시키고 천천히 움직이기 시작하면 그때는 늦는다. 당장 뛰어들기. 뛰

어들고 나면 화들짝 놀란 내 몸과 마음이 더 빠르게
작동한다. 나는 그 힘을 믿는다.

나와
나타샤와
흰 당나귀 ─────────── ∅∅

태생적으로 불안이 많은 기질인 걸까. 청소년기 대
부분을 갑작스러운 사고가 우리 가족을 불행에 몰아
넣지 않을까 하는 불안으로 살았다. 우리 집의 경제
규모란 소박하기 이를 데 없어서 심각하게 타격을
줄 만한 일이 일어날 리도 없는데, '제발 우리 집에 아
무 일이 없게 해달라'고 신에게 간절히 빌고는 했다.
바람 소리가 집요하게 이어지는 날에는 분명 현관문

앞에 누군가 있다고 확신하기도 했다.

잃을 게 없어도 그토록 불안할 수 있다니. 어쩌면 그때의 불안은 내 미래를 향한 불안과 직결되어 있었던 게 아닌가 싶다. 별 볼 일 없는 내 삶은 당장 내일이 없다 해도 이상하지 않았다. 도무지 먹고살 수는 있을지, 삶을 안정적으로 영위하는 게 가능하기나 한 건지 알 수 없었다. 깊이를 가늠할 수 없는 공포가 늘 마음 한쪽에 있었다. 매일매일 자신의 모습을 드러내는 불행을 구체적으로 상상하며 나를 더 큰 두려움 속으로 떠밀었다. 마치 그런 일이 실제로 벌어지기를 바라기라도 하는 사람처럼.

병적인 불안에서 벗어난 건 직접 돈을 벌기 시작하면서부터다. 대학생일 때, 취업준비생일 때 내일이 불안하고 오늘이 우울하여 못 견디겠다는 친구들에게 단 몇 푼이라도 돈을 벌라고, 아르바이트라도 하며 견디라고 조언했던 건 실제로 내가 그랬기 때문이다. 적어도 내 데이터에 따르면 스스로 자신의 경제를 꾸려나갈 때 막연한 불안감이 줄어든다.

충분한 돈은 아니어도 오늘은 얼마, 내일은 얼마를 쓸 수 있는지 가늠할 수 있는 여유가 덜 불안하게 했다. 부모로부터 떨어져 나와 독립한 이후로 불안은 단출한 일인분의 몫이 되었다. 돈이 부족하면 더 벌면 된다. 몸이 바쁠수록 마음은 편해진다.

이 굳건한 믿음 아래 나는 더 벌기 위해 혈안이 된 채로 20대를 보냈다. 회사에 다니면서도 6시 퇴근 후에 근처 카페에서 아르바이트를 하면서 내가 원하는 경제적 수준을 맞췄다. 월세를 내고 생활비를 쓰는 것 말고도 면접을 보러 다니려면 돈이 많이 들었기에 벌 수 있을 때 벌어놓는 게 중요했다. 힘들수록 더 열심히 일했다. 일에 집중하면 현실을 잊을 수 있었다.

백석의 시 〈나와 나타샤와 흰 당나귀〉에는 이런 구절이 있다.

가난한 내가
아름다운 나타샤를 사랑해서

오늘 밤은 푹푹 눈이 나린다

(중략)

눈은 푹푹 나리고

나는 나타샤를 생각하고

나타샤가 아니올 리 없다

언제 벌써 내 속에 고조곤히 와 이야기한다

산골로 가는 것은 세상한테 지는 것이 아니다

세상 같은 건 더러워 버리는 것이다

하필 가난한 내가 높은 꿈을 꾸어서 매일 밤 마음속에 주룩주룩 비가 내렸다. 하지만 나는 산골로 가버리지 못했다. 세상 같은 거 더럽다고 버리지도 못했다. 더러운 세상 속에 이러지도 저러지도 못하고 서서, 당나귀 대신 응앙응앙 울며 희망에 매달렸다. 어떻게든 행복해지겠다고 다짐하면서. 더는 어떤 이름 없는 불안이 나를 삼키게 두지 않겠다고 두 주먹에 힘을 주면서.

아버지는
뭐
하시니? ──────── ⦰

"저를 교무실로 부르지 말아주세요."

학기 초 의례적인 면담에서 나는 고3 담임선생님께 딱 한 가지를 부탁했다. 초등학교부터 고등학교까지 12년 동안 겪어본바 선생님이 잠깐 오라고 부르지만 않으면 나의 가난을 감출 수 있을 것 같다는 판단에서였다.

선생님들은 어찌나 무감한지 도무지 10대 청소년의 여린 마음을 이해할 줄을 몰랐다. 덕분에 나는 급식비를 내지 않는 기초생활수급자로 표기된 명단을 매번 칠판에서 확인해야 했고, 저소득층을 위해 무언가 학교에서 배급될 때 그것을 받아가기 위해 교무실에 불려가야 했다.

좀 비밀스럽게 불러줬으면 좋았을 텐데 30여 명의 학생을 이끌어야 하는 담임교사에게 그런 세심한 배려까지 기대하기 어려웠던 걸까. "수지야, 선생님이 교무실로 오래"라는 말을 늘 누군가에게 들어야 했다. 그 말을 건넬 때 친구들은 아무 생각이 없었겠지만, 수치감에 익숙해진 나는 그들의 눈동자에서 연민을 읽은 것만 같아 그 자리에서 사라지고만 싶었다.

고등학교 2학년이 되자마자 정부에서 배급한 가루우유를 받아가라고 교무실에 소환된 날, 머릿속이 온종일 분주했다. 도대체 요즘 같은 세상에 누가 가루우유를 먹는다고! 지원받는 입장에 자존심 세운다고 못마땅하게 볼 수 있겠지만, 부끄러움을 느낄 자유는 누구에게나 있지 않겠나. 나는 그 가루우유가 아프고 창피했다.

"그건 뭐야?"라고 물어볼 친구들의 말에 "기초생활수급자 가정에 배부되는 거래"라고 말하기는 죽어도 싫었다. 티 안 나게 가져와야 하는데 친구들 시선을 피할 수 있는 시간대가 도통 떠오르지를 않았다. 내내 망설이다가 체육 시간이 끝나고 청소 시간이 시작되는 무렵, 친구들 절반은 아직 운동장에 남아 있고 나머지가 교실로 돌아오는 그 타이밍에 서둘러 가루우유를 챙겨 교실로 왔다.

사물함에 다 넣기도 어려울 정도로 커다란 가루우유 두 개를, 억지로 쑤셔 넣으며 얼마나 손이 떨렸는지. 차라리 학교를 그만두면 그만뒀지, 이런 처지를 들켜버리고 싶지 않았다. 왜 엄마 아빠는 따로 살아서, 왜 우리 집은 그렇게 넉넉하지 못해서, 이렇게 온몸에 가난을 묻히고 살아가야 하는 건지. 다음 학년에 올라갈 때 이건 또 어떻게 처리하고 가야 하는지. 머리가 아팠다. 입술을 아무리 깨물어도 분노가 사라지지 않았다.

창피할 일은 그뿐이 아니었고 나는 수없이 내 처지를 감추기 위해 몸부림치며 친구들 모르게 학교를 뛰어다녀야 했다. 그러다 열아홉 살이 되면서 처음 용기를 냈다. 어쩌면 선생님은 나를 굳이 안 부를 수 있는 거 아닐까? 서명해야 할 일이 있으면 본인이 대신해줄 수도 있지 않나? 이제 성인이 될 날도 얼마 안 남았겠다 그냥 질러보자.

"선생님들이 부르실 때마다 무슨 이유인지 티가 나요. 선생님이 대신해주실 수 있는 건 그냥 대충 처리해주시면 안 될까요?"

선생님은 내 말이 다 끝나기도 전에 "무슨 말인지 알겠어. 걱정하지 마"라고 답했고 그 이후로 정말 단 한 번도 나를 경제적인 문제 때문에 교무실에 부르지 않았다. 선생님이 나를 부른 건 어느 대학에 지원하고 싶은지, 공부하는 데 어려움은 없는지 확인할 때뿐이었다. 제기랄. 이럴 수도 있는 걸 이전 선생님들은 대체 왜? 화가 나기도 했지만 그보다 내 처지를 감출 수 있게 된 데 대한 안도감이 더 컸다.

이후에도 내 삶은 뭔가를 감추는 데에 초점이 맞춰졌다. 거짓말에는 애초에 능하지 못하니 말을 안 하거나 얼버무리는 것으로 곤란한 상황을 피하곤 했다. 다행히 성인이 되면서는 나를 교무실에 부를 선생님도 없었고, 아르바이트를 해서 번 돈으로 나를 꾸밀 수 있었으니 전처럼 창피할 일도 없었다. 내가 다시 당황한 건 아나운서가 되고 나서였다.

"아버지는 뭐 하시니?"

삐빅. 요즘에는 이런 질문 안 하기로 한 거 아니었나요? 인권위에서 '하지 않기'로 권고할 것만 같은 이 질문을 나는 회사 생활을 시작하고 여러 번 들었다. 이를 어째. 우리 아빠 지금 뭐 하고 사는지 모르는데.

모르는 데서 오는 당혹감도 컸지만, 대기업 임원이라는 아빠, 교사였다가 이제는 은퇴하셨다는 아빠… 제법 있어 보이는 선배와 동기들의 이야기 속에서 한껏 작아진 나는 시선 둘 곳이 없었다. 어렴풋이 기억하는 어린 시절 아빠의 직업을 꺼내며 거짓말을 들키진 않을까 마음 졸였다.

왜 결핍은 감추고 감춰도 새는 구멍이 생기는 걸까. 애초에 드러내는 삶은 원하지도 않았건만 감추는 데만도 평생이 걸릴 것만 같았다.

학교를 졸업하면 부와 빈이 드러나지 않는 세상이 열리는 줄로만 알았다. 그래서 하루빨리 졸업하고 싶었다. 한 학년이 끝나고 교실을 옮기는 소란한 틈에 친구들의 짐 사이로 재빨리 가루우유를 숨기면서 노심초사했던 그 기분에서 벗어나고 싶었다. 아빠와 가깝지 않을 뿐 한집에 사는 것처럼 얼버무리는 일이 지겨웠다. 그런데 없는 것 투성이인 삶은 가리고 가려도 어느 한구석에서는 꼭 티가 나기 마련이었다.

진정한 '해방'에 가까워진 건 적어도 나 자신이 만족할 만큼은 채워진 이후부터다. 비록 나에게 아빠는 없지만, 그토록 원했던 일을 두 가지나 이뤘고 덕분에 경제적으로도 안정되었다. 하고 싶은 걸 참는 데 더 익숙했어도, 멋들어진 문화생활을 누리지 못했어도, 친구들처럼 대치동 학원을 다니지는 못했어도, 멋쟁이 어른이 되었다니까! 나처럼 자신의 결핍을 분주하게 감추며 크고 있는 친구들에게 이 이야기를 해주고 싶어 몸이 달았다.

한편 이런 생각도 한다. 삶의 질이라는 게 한 계단 한 계단 올라가는 거라면, 나는 아마 이 이상을 모르기 때문에 이토록 행복한 것일지도. 독서실 책상과 작은 방 안에서 했던 비좁은 상상들. 고작 그만큼을 채운 것으로 섣불리 만족한 건 아닐까? 어쩌면 너무 허기졌었기에 조금만 채우고도 이토록 배가 부른 건지도 모른다.

하지만 자신 있게 말할 수 있는 게 하나 있다. 이제야 살아가는 게 좀 재미있다. 더 큰 세상을 몰라서 가질 수 있는 자만심인지는 몰라도 나는 이 정도면 행복하다고 힘주어 말하고 싶다. 혹시나 엄마가 갑자기 편찮으셔도 감당할 수 있을 만큼 벌이가 되고, 고양이 리루의 수술비가 부담될까 걱정하지 않아도 되니 나는 분명 행복하다.

비로소 감추기보다 드러냄으로써 극복해보고자 하는 용기가 생긴다. 내 치부, 내 수치. 떼어내고 싶던 10대 시절의 음울함을 이제야 덜어낸다.

놓지
못하는
마음

엄마는 언니와 내가 참 많이 다르다고 자주 이야기
했다. 엄마 말에 따르면, 언니는 서랍에서 무언가를
찾을 때 물건을 하나하나 뒤로 던지며 원하는 걸 빠
르고 정확하게 손에 쥐는 성격인 반면 나는 원하는
게 있어도 꺼낸 물건 하나하나를 다 품에 안고 내려
놓지 못하는 욕심쟁이였다. 다소 지독해 보이는 그
시절의 나를 부인하고 싶어도 그러지 못하는 건 그

모습이 지난날의 나를 설명하기 때문이다.

　나는 무엇이든 쉽게 포기하지 못했다. 성적이 그만큼 따라주지 않는데도 대학은 서울로 가겠다는 꿈을 버리지 못했고, 넉넉지 않은 환경에 해외 교환학생을 가겠다는 욕심도 버리지 못했고, 세상에 모든 잘난 사람은 다 모이는 것 같은 아나운서 시험도 5년 넘게 포기하지 못했다. 그래서 비참한 순간이 너무 많았다.

　고3 때로 돌아가볼까. 고3이 되자마자 있었던 개인 면담에서 나는 가나다 군에 '인서울' 대학만 지원하겠다고 말했다. 담임선생님은 그 계획을 '똥배짱'이라고 부르며 나무랐다. 그도 그럴 것이 나는 고3 초까지 철저히 '내신형'으로 내신 성적은 상위권이어도 모의고사 성적은 서울권 대학을 꿈꿀 수 없는 수준이었다. 선생님의 모진 말을 어쩔 수 없이 인정하면서도 스스로에 대한 막연한 믿음이 있었다. 결과적으로는 모든 게 잘될 것이라는 희망을 놓지 못했다. 보습학원 한번 다녀보지 못했고 그 시기 유행했던 엠씨스퀘어 같은 선진 기기도 가져보지 못했지만, 성적을 기적적으로 올렸다는 수많은 수험생의 후기를 찾아보며 나 또한 그럴 수 있다고 믿었다.

서울로 가야만 신화창조 활동도 더 열심히 할 수 있을 테고, 〈커피프린스 1호점〉에 나온 부암동 거리를 걸을 수 있을 테고, 홍대 카페에서 아르바이트도 할 수 있을 것 아닌가. 나는 꼭 서울로 가야만 했다.

대단한 명문대에는 가지 못했지만 결과적으로 나는 '인서울'을 해낼 수 있었다. 그런데 애석하게도 '비참함'은 거기서 끝나지 않았다. 서울로 떨어져 나와 먹고살려니 아르바이트를 하지 않고는 생활이 유지되지 않았다. 집에서 약간의 용돈을 보내주셨지만, 동기들과 관계도 유지하고 차림도 적당히 갖추려면 훨씬 많은 돈이 필요했다. 그때부터 거친 아르바이트 인생이 시작되었는데 편의점부터 마트, 수영장 인포데스크, 카페, 사무보조까지 온갖 분야를 섭렵하며 '알바 괴물'이 되어갔다.

사람들은 대우받는 걸 좋아하는구나. 돈을 건네

는 그들에 비해 돈을 받는 나는 아무것도 아니구나. 동등한 대접을 받는 위치가 아니구나. 이른바 '진상' 을 수도 없이 겪으며 셀 수 없이 많은 상처를 입었다. 조금 더 여유로웠다면 겪지 않았어도 될 일을 뭉텅 이로 떠안으며 우리 집을, 세상을 원망했다. 모든 것 이 주제 넘게도 더 잘 살아보고 싶은 욕심 때문이었 음에도 더 많이 갖지 못한 내가 너무 싫었다.

일상 속에선 존중받지 못해도 꿈만큼은 자유롭 게 꿀 수 있었기에 나는 점점 더 커다란 꿈을 꾸었다. 그리고 그 꿈을 펼치기 위해 더 많은 굴욕을 겪는 걸 거리끼지 않았다. 해외 교환학생 신청이 통과된 순간 부터 나는 아르바이트를 세 군데 이상으로 늘렸고, 주말엔 기숙사 쓰레기를 정리하는 근로장학생까지 해가며 미친 듯이 돈을 모았다. 지금 쓰레기를 조금 만진다고 해서 내 찬란한 꿈이 더러워지는 건 아니었 기에.

지금 회사에 입사하기까지 쭉 이런 패턴의 반복 이었기 때문에 더 이상의 디테일은 적을 필요가 없다. 더러운 일을 겪어도 내 꿈이 숭고하니 참고 견디는 나날의 연속이었다. 온갖 슬픔과 서러움을 기꺼이 그러쥐며 그 어떤 것도 내 품에서 내려놓지 않았다. 누군가가 이를 두고 '지독하다' 한들 결국 내 작은 품의 한계를 넘어 더 많은 것을 가질 수 있었기에.

기억하지 못하는 어린 시절부터 그 무엇도 내려놓지 못하던 나. 타고난 기질 때문일까. 그렇다면 이 기질을 물려주신 부모님께 감사하다. 가질 수 있는 이상을 갖게 된 건 그 덕분이니까.

자기 연민에
　　　　취하지
　　　　않기 ＿＿＿＿＿＿＿ ⍉⍉

자랑할 건 못 되지만 나는 자기 연민이 강한 편이다. 힘들었던 시절의 이야기를 꺼내는 걸 좋아한다. 끌어안고 있을 때는 너무나 뜨거워 견디기 어려웠던 일들이 품에서 놓아버리고 나면 별일 아닌 것처럼 느껴지기 때문일까. 그때의 나와 지금의 나를 비교하다 보면, 대비 효과 덕분인지 지금의 행복이 더 선명해지는 것만 같은 기분이 든다. 이 행복을 좀 더 생생하게 느끼기 위해 과거를 자꾸만 들추는 것인지도 모르겠다.

라디오를 진행할 때도 그랬다. 약간의 변명을 덧붙이자면 청취자들도 그런 이야기를 좋아했다. 지금은 스튜디오에 앉아 나긋나긋한 목소리로 고상 떨고 있는 내가, 수영장 인포 데스크에서 락커 키를 건네며 속으로는 진상 아저씨를 얼마나 욕했는지 따위의 이야기를 말이다. 누구나 자기 몫의 고생을 하며 그 상처를 딛고 조금은 더 나은 삶을 살기도 한다는 걸 청취자들과 나는 서로의 이야기를 꺼내며 알아갔다. 그러다 어떤 날은 누군가에게 위로가 된다는 사실에 취해 실언을 하기도 했다.

"저는 다시는 마트에서 아르바이트하지 않을 거예요."

한여름에 마트에서 미숫가루 시음 행사 아르바이트를 한 적이 있었다. 스무 살 첫 여름방학이었다. 당시 학교 기숙사에 살고 있었는데 버스를 갈아타고 한참이나 가야 하는 한 대형마트에서 처음 그 일을 시작했다. 일 자체는 어렵지 않았다. 하루 10시간 동안 서서 시음해보길 원하는 사람들에게 작은 종이컵을 건네기만 하면 되는 일이었다. 게다가 이제 막 성인 된 티가 역력한 나를, 마트 직원들은 귀여워했고 크고 작은 호의가 나를 둘러싸고 있었다.

그 이후로도 몇 번의 시음 아르바이트를 했지만, 유독 마트 아르바이트는 적응되지 않았다. 이상하리만큼 매번 힘들었다. 누구도 괴롭히지 않는데도 스스로 괴로움의 굴레에 갇히는 건 내가 곧잘 하는 짓이긴 하지만, 그 일은 유난스럽게 나를 할퀴었다. 혹시 친구들을 마주칠까 두려웠던 걸까? 아니다. 아르바이트를 하는 것 자체가 창피하진 않았다. 생일에 집에도 못 내려가고 내내 마트에 붙잡혀 있었던 게 서럽게 남았나? 그건 그럴 수도 있겠지만, 내 선택이었다.

다만 한 가지, 보이는 게 너무 많았다. 10시간 가까이 점심시간 말고는 단 한 번도 앉을 수 없다는 것 외에도 가만히 서서 많은 걸 봐야 하는 게 정서적으로 버거웠다. 마트 한가운데 불쑥 자라난 나무처럼 한 자리에 박혀, 오고 가는 사람들의 삶을 가늠해보는 일. 주머니에 꽂힌 차 키를 보니 저 사람은 자가용이 있는 사람(즉 나보다 여유롭다), 삑삑 소리가 나는 유아용 신발을 신고 걷다 곧장 아빠 품에 안기는 아이(저 아이는 나처럼 고생하지는 않겠지), 편안한 차림으로 엄마와 장을 보러온 내 또래로 보이는 여성(당신은 나처럼 아르바이트를 하지 않아도 되겠지)…. 모두가 나보다 나아 보이는 사람들을 지켜봐야 하는 10시간.

그게 못내 힘들었기에 라디오에서 다시는 마트 아르바이트를 하고 싶지 않다고 말했다. 하지만 지금 이 순간에도 마트에서 일을 해야만 하는 누군가에게는 결코 달갑지 않은 말임이 분명했다. 생계를 위한 최선이거나, 그 일에서 나름의 보람을 느끼는 사람도 있을 터였다. 나와 다른 경우가 수만 가지는 될 텐데 손쉽게 누군가의 일을 '다시는 하고 싶지 않은 일'로 판단하고 폄하했다.

당시 함께 일했던 피디 선배가 바로 그 부분이 얼마나 적절하지 않은지 짚어주었다. 단 한마디 변명조차 할 수 없었다. 백번 옳은 말이었고, 지금 생각해도 못난 말이다.

과한 자기 연민은 듣는 사람을 피곤하게 한다는 것 말고도 누군가를 상처 입힐 수 있다는 점에서 때로 유해하다. 내가 아팠던 만큼 다른 사람에게 상처 주기 싫다는 말을 입에 달고 살면서, 바로 그 입으로 상처를 주었다는 사실이 부끄러워 등이 뜨거워졌다. 과거의 나를 치유하느라 다른 사람이 찔리는 것도 몰랐다. 누군가에게는 위로가 되는 말이, 다른 누군가에게는 상처가 되는 것처럼. 알고는 있었지만 나도 그럴 수 있다는 걸 일찌감치 깨닫지는 못했다.

자기 연민에 취하지 않기. 나를 혐오하지 않기 위해 끝없이 되새겨야 할 말이다.

우리에겐
　　　빈 시간이
　　　필요하다 ＿＿＿＿＿＿＿ ⚬⚬

학원에 다니지 않은 삶에 대해 잘 모르는 사람이 많
다는 것을 나이가 이만큼 먹고 나서야 알았다. 내가
자전거를 타고 이 동네, 저 동네를 오갈 때 다른 친구
들은 보습학원에 있었다는 걸 그때는 체감하지 못했
다. 많지는 않았지만 그 시간을 동행한 몇 명의 친구
가 있었고, 친구가 없을 때는 언니가 있었기 때문에
그렇게 놀고(?) 있는 게 더 특이한 경우라는 걸 깨달

을 기회가 없었다.

딱히 할 게 없었던 어린 시절의 나는 매일 새로운 놀이를 만들어냈다. 대부분은 어른의 삶을 흉내 내는 것이었는데 그 방식이 매우 자연 친화적이었다. 같은 골목 슈퍼집 딸이었던 친구와 작은 도랑에서 많은 시간을 보냈다. 그곳에서 우리는 '파전'을 만들었다. 무성한 잡초가 파가 되었고 물속에 있는 젖은 흙이 반죽이 되었다. 평평한 땅에 젖은 흙을 올리고 잡초를 올리면서 요리하는 엄마를 흉내 냈다. 시간이 너무 많았던 우리는 흉내 낼 대상을 발견하기 위해 세상에 촉각을 곤두세워야 했다.

비가 많이 와서 도랑물이 불어나면 우리는 그곳에서 헤엄을 치고 놀았다. 동네 어른들은 '똥물'에서 왜 노냐고 나무랐지만 글쎄, 놀랍게도 그곳에는 다슬기도 있고 올챙이도 있었다. 어른들이 뭘 몰라서 그렇지 아직 우리네 시냇물은 깨끗하다고 우기며 한참을 놀았다. 그러다 보면 해가 졌다. 젖은 옷자락을 손으로 쭉쭉 짜며 집으로 돌아가는 길은 왠지 헛헛

했는데, 내가 느낀 첫 번째 '허무'였다. 즐거움 뒤에는 각자의 자리로 돌아가야 한다는 것. 그리고 어른이 된 후에는 다시 이 순간으로 돌아올 수 없다는 것을 어렴풋이 먼저 알았던 건지도 모른다.

친구를 만나지 않는 날에는 그림을 그리기도 했다. 미술에 딱히 재능도 관심도 없었지만 시간을 채우기 위해 그렇게 했다. 디자이너가 되어 내가 입고 싶은 옷을 그리는 날도 있었다. 당연히 세상에 없는 디자인이었고 먼 훗날에도 만들어질 리 없는 기괴한 옷이었다.

한 외국인 아빠가 TV 프로그램에서 "아이들은 심심해야 한다"라고 말하는 걸 본 적이 있다. 심심한 시간에 자신이 무엇을 할지 찾아내고 행동하는 과정에서 아이들의 상상력이 자라난다고, 아이들에게는 빈 시간이 꼭 필요하다는 이야기였다. 나는 그 말을 듣고 학원에 가지 않아 멋쩍었던 시간에 대한 보상을 받는 기분이었다. 빈 학원 교실에서 친구의 수업이 끝날 때까지 기다리던 시간, 친구의 서예 학원에

서 친구가 붓글씨를 쓰는 걸 혼자 가만히 지켜보던
시간, 친구 학습지를 대신 풀던 시간. 그 모든 시간이
나를 키운 것만 같았다. 내 안에 자라나고 또 금세 사
라졌을 그 모든 '인상'이 나의 세계를 조금은 넓혔으
리라.

나는 상상으로 빈 시간을 채웠다. 갑자기 전교
1등을 하는 상상, 디자이너가 되는 상상, 인기 가수가
되는 상상, 우주인이 되는 상상. 그리고 빈 시간마다
읽었던 위인전이 이 상상에 불을 붙였다. (당시 우리 집
에는 교실에 두면 아무도 거들떠보지 않을 것 같은 위인전 전집이
있었는데 나는 그것을 무척 재미있게 읽었다.) 상상 속에서 나
는 늘 위대한 누군가가 될 수 있었고 당장 손에 쥘 수
없는 많은 것을 가질 수 있었다. 상상의 시간이 길어
질수록 하고 싶은 것도 갖고 싶은 것도 많아졌다. 나
는 그게 바로 '꿈을 키우는 시간'이었다고 생각한다.

지금까지 이룬 모든 걸 심심했던 어린 시절 덕
분이라도 말하는 건 사후 해석에 불과할지도 모른
다. 하지만 나는 안다. 그 한가했던 순간이 내게는 매

우 의미 있는 시간이었다는 걸. 도시에서 나고 자랐으면서도 자연의 품을 느낄 수 있었고, 너무 심심한 나머지 책도 많이 읽었다. 그뿐인가. 책을 읽고도 시간이 남아서 쓴 글이 책으로 나오기까지 했다. 중학생이었던 내가 표지 위에 이름을 올린 멋진 경험이었다.

나는 주위에 아이를 낳으면 학원을 보낼 것인지를 많이 묻는다. 학원을 다닌 삶이 어땠는지에 대해서도 많이 묻는다. 다들 그 시간이 무척 힘들었지만 그래도 자기 자신을 여기까지 이끌어온 것이 바로 학원 공부였기 때문에 아이 또한 학원에 보내겠다고 답한다. 사실 학원에 다니지 않은 게 창피했던 시절에는 나 역시 무조건 아이에게 온갖 사교육을 시킬 거라고 이를 갈았지만, 막상 자녀 계획을 세울 무렵이 되니 학원에 보내기 싫어진다.

드디어 내 삶이 좋아 보이기 시작한 모양이다. 빈틈이 많은 어린 시절과 그 안을 가득 채웠던 내 허황된 상상들이 좋다. 물론 몇 년 후에는 또 다른 말을

할지도 모르겠지만, 지금의 마음으로는 훗날 태어날
내 아이에게도 소중한 상상의 시간을 주고 싶다.

누군가를
　　따라 하는 것도
　　시작이
　　될 수 있으니까 _____ ∅

때마다 나에게는 롤모델이 있었다. 내가 이룬 성취
는 누가 이전에 그려놓은 삶을 따다 덧그린 게 많다.
한 인간이 좋은 사람으로 성장하려면 주변에 좋은
어른이 많아야 한다는데, 그런 어른이 많지 않았어
도 온라인상에는 무언가 배울 수 있는 사람들이 넘
쳐났다.

　　롤모델이라고 말할 수 있는 첫 번째 사람은 글

씨체가 예뻐서 유명했던 블로거였다. 만화를 좋아해 애니메이션 고등학교에 진학했지만, 돌연 공부를 해야겠다는 필요성을 느끼고 홀로 독학을 시작한 그는 빼곡한 자신의 노트 필기를 자주 찍어 올렸는데 학생들 사이에서 꽤나 화제였다. 내가 그의 블로그를 발견한 건 고2 겨울방학, 사실상 고3 수험생이 된 직후였다.

그와 나는 가진 재능부터 가고자 하는 길까지 모든 게 달랐지만, 넉넉지 않은 환경과 그럼에도 큰 세상을 꿈꾸는 포부가 닮아 있었다. 그가 수능 영어 7등급에서 시작해 1등급으로 올라서기까지 좌절과 희망 사이를 오가는 걸 지켜보면서 나 역시 꿈을 꾸었다. 고2 겨울방학부터 도서관에 틀어박혀 다시 영어 기본 문법책부터 들여다본 건 분명 그의 영향을 받아서였다. 수학 같은 과목은 뒤늦게 혼자 독학으로 점수를 올리는 게 어려웠지만 영어는 비교적 수월하게 점수를 올릴 수 있었다. 그가 그랬던 것처럼.

수능을 볼 무렵에 나에게 또 다른 꿈을 주었던

사람은(도대체 어떻게 그의 미니홈피까지 가게 됐던 건지 기억이 나지 않지만) 교환학생 제도를 잘 활용해 견문을 넓힌 뒤 미국 유명 법학 대학원까지 진학한 여성이었다. '파도타기'를 하다가 우연히 발견한 그의 미니홈피에 완전히 꽂혀버렸고 그의 삶을 따라 하고 싶었다. 미국 법대에 들어가고 싶은 건 아니었지만 비슷하게 살다 보면 나도 언젠가 어느 멋진 자리에 가 있지 않을까. 최소한 지금보다 더 나은 곳으로. 대학에 입학하자마자 그가 그랬던 것처럼 학교 방송국에 가입 원서를 냈고 돌아보니 완전히 닮지는 못했어도 부러워했던 경험들이 어느덧 내 것이 되어 있었다.

아나운서, 작사가라는 꿈은 여러 가능성을 따져보고 스스로 선택한 직업이지만, 내 삶의 태도를 만든 건 그저 열심히 자신의 인생을 살았을 뿐인 몇몇의 사람들이었다. 감사를 표현한 적도 방명록에 인사를 남긴 적도 없어 혹시 이 글을 보게 되더라도 자신의 이야기일 것이라는 짐작도 못 할 사람들. 정말로 그들이 나를 키웠다.

꿈을 꾸면 그 비슷한 곳에라도 가닿는다는 흔한 이야기를 좋아한다. 나의 '따라 하기 프로젝트'는 구체적인 목표를 세우고 출발하지는 않았다. 단지 우연히 엿보게 된 어떤 삶을 통해, 그들이 살아가는 방식에 살을 붙인 덕에 불안의 바다에서 헤엄치던 나도 뭍에 닿을 수 있었다. 나침반도 GPS도 없는 '꿈'이라는 세계에서 그들이 나아가는 방향과 남은 거리를 내 식대로 가늠해보며 열심히 몸부림친 결과다.

어떻게 살아야 할지 막연하다면 부러웠던 누군가의 삶을 들여다보는 게 좋은 방법이 될 수도 있다. 물론 똑같은 직업을 갖고 똑같은 명성을 얻게 되지는 않을 것이다. 하지만 한 걸음 한 걸음 따라 걷다 보면 그와 내가 비슷한 경로로 무언가를 이루어왔다는 걸 확인할 날이 온다.

나는 이제 그들과 또 다른 길을 걷는다. 언제부턴가 그들의 삶을 들여다보지 않았다. 지금은 어떤 모습이 되어 있을지 상상할 수 없지만, 내가 반했던 그때 그 반짝거림으로 어딘가에서 고유한 빛을 내고

있으리라 믿는다. 그리고 우리 모두는 사방으로 걸어

나가며 그저 열심히 자신의 인생을 살아갈 것이다.

×

chapter 3

어른에게 필요한
투명한 용기

×

부끄러움을 무릅쓰는 삶

나에게 나이 듦이란

부끄러움을 줄여가는 과정이다.

떠오르는 감정을

섣불리 믿어버리지 않는 것.

순간의 들뜸은 아닌지,

뱉고 나서 후회할 분노는 아닌지.

어떤 마음이든

꺼내놓으면 나만의 것이 아닌 게 되므로

미리 숨을 고르려 한다.

그러고 나서도 꼭 해야 할 말이 있다면

피하지 않고 하는 것이

어른의 용기가 아닐까.

숙고하고 보류하고 때로는 타협하지만,

한 번씩은 무모하게 부끄러움을

무릅쓰고 싶다.

'최선을 다했다'라는 확신이

불시에 고개를 드는 후회도

가라앉힐 수 있으니까.

맞서지 않고
    피해 가는
    고양이처럼 _____ ∅

고양이는 웬만해서는 '선빵'을 날리지 않는다.

    특히 길고양이를 무서워하거나 싫어하는 사람
들은 고양이가 사람을 먼저 공격한다고 하지만 상황
을 제대로 들여다보면 틀린 말일 때가 많다. 상대가
위협적이라고 느낄 때, 고양이는 몸을 부풀리고 날
카로운 소리를 내며 충분히 경고한다. '더 가까이 오
면 친다! 경고했다?' 공격은 그 경고를 무시했을 때

벌어진다.

우리 집에 사는 '리루' 역시 마찬가지다. 아무 이유 없이 나를 공격하는 일은 절대 없다. 리루가 발톱을 세울 때는 내가 귀찮게 할 때뿐이다. 같이 산 세월이 있어 봐주는 건지 나에게는 조금 더 너그러워서 발톱을 깎거나 양치를 해도 몸을 돌려 빠져나가는 것으로 거절 의사를 밝힐 뿐 나를 세게 물거나 할퀴지 않는다. 그 거절은 상냥하지만 완고해서 무력하게 받아들일 수밖에 없다.

나는 늘 고양이처럼 거절하고 싶다는 생각을 한다. 충분히 경고 의사를 밝히고 그게 통하지 않았을 때 공격하는 방식. 자신에게 지나치게 큰 위협이 아닐 때는 피해 가는 것으로 상황을 벗어나는 현명함을 닮고 싶다. 내가 억지로 껴안을 때 리루는 어묵 국물이 담긴 비닐봉지처럼 흐물흐물한 몸을 한 바퀴 돌려 품을 벗어난다. 그 유연함이 너무 감쪽같아서 내게도 원망이 남지 않는다.

나는 상당한 시간을 치기로 살았다. 대체로 잘

참는 편이기는 했지만, 내 기준에서 옳지 않은 일에
는 분노했고 강하게 맞서왔다. 그것이 나의 존엄을
지키는 방법이라고 생각했지만, 누군가를 상처 입힐
수 있다는 것은 미처 생각하지 못했다.

　직장 상사와의 대화에서 불편함을 느꼈던 어
느 날 그 자리에서 불쾌하다고 말하지 못했다. '그 말
씀 조금 불편합니다'라고 해볼 걸 그랬나, 그렇게 정
중하지 못할 거라면 차라리 '사생활입니다. 이런 것
까지 말해야 하나요?' 날카롭게 말할 걸 그랬나. 한
참 생각했다. 가끔은 후회도 했다. 당사자와 원만하
게 해결하기보다 거친 방식으로 맞섰기 때문이다.
그 일이 있고 나서 며칠 후 부서에 전체메일을 보냈
다. 회사생활을 하면서 느꼈던 불편한 부분에 대해
한 번쯤 문제 제기를 하고 싶었다. 사무실에 '마음의
소리' 같은 익명 소통함이 있었던 것도 아니고 그렇
다고 다짜고짜 회사에 고발할 문제까지는 아니었다.
아니다. 어쩌면 실제로 고발할 만했다고 하더라도
우선은 내부적으로 메시지를 던져보고 싶었다. 이것

부터가 건방진 마음이었을까. 실제로 누군가는 그렇게 말했다. 내가 전체메일을 보낸 것이 팀원들을 몹시 불쾌하게 만들었다고.

그래도 대부분은 이해한다고 말해주었다. 당사자로부터 진심 어린 사과도 받았다. 그 일로 부서에서 보복이나 차별을 당한 일도 없었다. 마음 불편해하는 나를 위한 위로인지는 모르겠으나 그 사건 이후 부서 분위기가 일면 조심스러워지긴 했으며, 그건 분명 의미가 있는 일이라고 어느 선배가 말해주기도 했다.

그런데 왜 나는 시간이 한참 흐른 지금도 뒤척이고 있을까. 끝까지 강하지도 못할 거면서 일을 크게 만든 내가 싫었다. 일이 봉합되고 나니 내 이해심이 부족했던 건 아닌가, 내가 속 좁은 게 아닌가 하는 생각이 들었다. 나는 뭘 이루고 싶었던 걸까? 내가 뭔데 조직을, 분위기를 바꾸자고 들고 일어난 건가. 눈 한번 질끈 감으면 됐는데. 저지를 때의 분노보다 남은 후회가 더 따갑고 아팠다.

그럼에도 여전히 누군가는 꼭 그렇게 문제 제기를 해주었으면 좋겠다고 생각한다. 치기 어린 목소리라 할지라도 어느 곳에서는 긍정적으로 작용할 것을 믿는다. 하지만 더는 내가 그 당사자가 되지는 못하겠다. 차라리 몸을 돌려 상황을 피하는 고양이가 되고 싶다. 불편한 마음을 표현해도 그 방식이 아주 미끄럽고 자연스러워서 누구에게도 원망이 남지 않았으면 좋겠다. 너무 잔인했다는 자책에 시달리고 싶지도 않다.

거세게 저항한 것의 대가는 원래 이런 것인지도 모른다. '그냥 조용히 살 걸 그랬나' 하는 오랜 후회를 떠안는 것. 아마 나는 다시는 나서지 않을 것이다. 체념일까, 현명해지는 중일까. 답은 아직 모르겠다.

마른 가지 안에서
발버둥 치는
새순의 시간 ____ ∅

과습 때문인지, 물이 부족한 건지 잎이 우수수 떨어지길래 올리브나무 가지를 다 쳐내버렸다. 죽은 가지는 빨리 잘라내는 게 낫다는, 어디서 주워들은 말만 믿고 저지른 성급한 짓. '마지막 서리가 내리고 꽃 피기 직전'이 가지치기를 하는 시기라는데, 내가 나댄 건 4월이었다. 뒤늦게 알고 나서 식물이 생장하는 시기에 발을 걸어버린 것만 같아 꽤 오래 자책했다. 처음 우리 집에 왔을 땐 참 예뻤는데⋯. 지금은 줄기 윗부분에만 잎이 무성하고 중간은 휑하니 이상한 모습이 돼버렸다. 그 앞에 씁쓸하게 서 있는 것 외에 할 수 있는 건 바람과 햇빛이 나 대신 이 일을 수습해 주기만을 기다리는 일. 올리브나무를 수시로 베란다 산책을 내보내며 공을 들였다.

그렇게 몇 달 기다리니 죽은 줄 알았던 가지에서 새순이 돋았다. 죽은 줄로만 알았던, 수분 없이 가늘게 말라비틀어졌던 그 가지를 뚫고 눈곱만한 새잎이 이마를 내밀었다. 마치 그 작은 신호가 내 인생의 희망이라도 되는 것처럼 아침마다 올리브나무를 들여다봤다. 아직 전과 같은 모습을 회복하진 못했지만, 그래도 다시 모양을 갖춰가는 그 생명력이 신기했다. 대견하고 경이로웠다.

가만히 지켜보고 있자니, 내가 이루지 못한 것도 다시 이룰 수 있지 않을까 하는 마음이 든다. 오래 정체돼 있던 일들도 한순간 툭 터져 나와 새로운 물길을 만들 수 있지 않을까.

일이 풀리지 않을 때마다 꼭 다 마른 줄기 같은 기분이다. 특히 가사 작업이 잘 풀리지 않을 때는, 어떻게든 간신히 달려 있던 잎들이 후두둑 떨어져 나가는 것 같다. 휑뎅그렁한 마음으로 예전에 발매되었던 내 가사를 하나하나 읽어보며 다시는 이렇게 쓸 수 없을 거라고 좌절한다.

하지만 매일 작아지는 이 시간도, 어쩌면 죽은 가지 안에서 발버둥 치는 새순의 시간일지도 모른다고 생각해본다. 단단한 껍질을 뚫고 나가는 게 어려울 뿐 그 안에서는 새로운 잎이 튀어 나갈 준비를 하고 있다고. 변신할 때마다 옷이 뜯기는 헐크처럼 내 가능성도 껍질이라는 까만 하늘을 뚫고 언젠가 튀어나올 수 있지 않을까.

그래서 오늘도 쓴다. 창문을 열어둔 베란다로 화분을 낑낑거리며 옮기듯 한 걸음 한 걸음 무거운 마음을 안고 바람을 맞으러 간다. 다시 이마를 들이밀어보자. 여전히 숱하게 버려지지만, 꼭 버려지는 데서 끝나는 건 아니라고 믿으며. 매마른 가지를 뚫는

올리브나무의 새순처럼 내가 먼저 나를 포기하는 일은 없어야지.

올리브나무는 키우기 까다로운 식물이라고 한다. 사는 일도 그렇다. 신경 쓸 것도 많고 영 쉽지 않다. 하지만 올리브나무에 마음을 쏟았던 것처럼 삶에도 꾸준히 공을 들이면 눈곱만한 가능성을 다시 만날 수 있지 않을까.

행복 민감도가
높은
사람 —————— ∞

대학 시절, 주말 아르바이트를 하던 삼청동의 작은 카페에 자주 오던 모녀 손님이 있었다. 두 사람은 언제나 카페에서 개발한 뮌스터 치즈 샌드위치를 사 가고는 했다. 크림치즈를 바른 빵에 발사믹 식초와 올리브유로 버무린 양상추를 넉넉히 넣고 그 위에 양파와 뮌스터 치즈를 올리는 그 샌드위치는 나도 무척 사랑하는 메뉴였다. 그들은 언제나 샌드위치를

네 개씩 포장해갔다. 아마도 집에 있을 다른 가족들 몫까지 사 가는 듯했다. 그들이 먹을 샌드위치를 만드는 나와, 누군가 만들어준 샌드위치를 들고 집에 가서 여유로운 주말을 만끽할 두 사람. 나도 본가에 내려가면 엄마와 카페도 가고 샌드위치도 먹을 터였지만, 그런 일상을 가진 모녀가 부러웠다. 힐끗 보이는 그 여유로움이 여전히 또렷하게 기억날 만큼 사무치도록 질투가 났다.

사실 주말뿐 아니라 새벽과 밤을 바쳐가며 일하는 수많은 사람의 고단함에 비할 바는 아니지만, 내 편협한 젊음은 주말이 너무 아까웠고, 나 자신이 안쓰러웠다.

그 이후로 아르바이트를 하는 동안 어떤 손님은 부러워하거나 어떤 손님은 특별히 좋아하기도, 싫어하기도 하면서 내 삶과 그들의 삶을 비교하는 걸 멈추지 않았다. 그렇게 될 수밖에 없는 데에는 천진하게도 "꼭 아르바이트를 해야 해?"라고 묻는 주변인이 언제나 있었기 때문이다.

그들은 아르바이트를 하느라 자신들에게 넉넉히 시간을 내어주지 못하는 나를 못마땅하게 생각하곤 했다. 꼭 아르바이트를 해야 하냐는 물음에 과연 어떻게 답을 해야 할까. 그래야만 하는 삶도 있다고 해야 할까, 아니면 재미있어서 하는 거라고 해야 할까. 아나운서 학원비를 벌기 위해서, 카메라 테스트에 입고 갈 정장을 빌리기 위해서, 지방에 면접 보러 갈 때 드는 교통비를 벌기 위해서, 당장 꺼낼 이유만 해도 여러 가지가 있었지만, 그들에게 말할 수 있는 이유는 단 하나도 없었다.

밤 11시, 마지막 버스가 끊기기 전에 서둘러 걸어 내려가던 덕성여고 옆 돌담길을 기억한다. 머리카락에 달라붙은 와플 냄새와 점퍼 곳곳에 배인 눅눅한 커피 향까지, 눈을 감으면 당장 그 길로 돌아갈 수 있을 것처럼 선명하게 남아 있다. 나는 그런 날마다 빼놓지 않고 이런 생각을 했다.

괜찮아. 언젠가 꿈을 이루고 나면 이런 날들이

자랑스러울 거야.

너무 막연한 생각이라 꿈을 이룬 모습은 어떨지 구체적으로 그려볼 수는 없었지만, 내내 곱씹은 그 말은 자기 위로를 넘어 다짐이 되어갔다.

부러움 위를 저벅저벅 밟은 시간. 누구를 원망하거나 미워하지 않고 달콤한 와플 냄새로 그때를 기억하는 내가 기특하다. 고생 속에서도 잘 자라왔다고 으스대는 게 아니다. 나를 송두리째 집어삼킬 듯한 부러움을 애써 피하지 않고 마주 본 이 마음이 자랑이다. 무너지지 않기 위해 남을 깎아내리지 않고, 부러운 건 부러운 눈으로 지켜보며 나는 나대로 살아온 그 무던함. 그리하여 맛있는 샌드위치 레시피를 알고 있으며 그때의 모녀처럼 엄마와 카페나 식당에 방문할 때마다 행복해지는 마음을 가진 사람이 되었으니까. 행복 민감도가 높은 나는 아주 작은 일에도 온 마음이 채워지는 기분을 느낀다.

엄마의 외로움은
가슴에
사무쳐서 _____ ⟲

길에서 주저앉아버리고 싶었다는 엄마의 이야기를 들으며 나는 정말 횡단보도 앞에 털썩 앉아버리는 엄마를 상상한다. 꼭 그 모습을 보기라도 한 것처럼. 양쪽에 언니와 내 손을 잡고 있어서 엄마는 결국 주저앉지 못했다는데 그때 마음이 어린 내 손을 통해 전달됐던 걸까. 모든 걸 놔버린 엄마의 모습이 마치 내 기억처럼 떠오른다. 집에서 두 딸을 보살피다 혼자 슈퍼조차 갈 수 없어서 늘 아이 둘을 데리고 길을 나섰다고 했다. 그렇게 걷다가 어느 가을바람에 모든 걸 다 날려 보내고 싶었던 적도 있었다고. 목이 아프도록 눈물을 참는 그런 하루를 엄마는 얼마나 많이 견뎠을까.

운동회 때마다 매번 혼자 와야 했던 엄마. 아이들 기죽일 수 없다고 스승의 날엔 고급 선물을 사러 다니던 엄마. 화를 참지 못해 매를 든 날에는 내가 잠든 줄 알고 때린 곳을 하염없이 매만지던 엄마. 엄마는 그 모든 순간, 철저하게 혼자였다. 혼자라는 게 무엇인지 나도 안다. 엄마가 혼자였던 시간과 1인 가구로서 내가 보낸 시간은 전혀 다르겠지만 아파도 아프다고 말할 수 없다는 점에서는 같다.

혼자 산 시간이 길어서 그런지 나는 아파도 소리를 잘 내지 않는다. 아프다는 말은 들어줄 사람이 있을 때나 하는 거니까. 작게 다쳤을 때는 차분히 약 바르고 밴드를 붙이고, 크게 아플 때는 카카오 택시를 불러 응급실에 다녀온다. 마음이 아픈 건 나눌 수 있지만, 몸이 아픈 건 온전히 내 몫이라 알릴 만한 사람에게도 굳이 연락하지 않는 게 혼자인 삶이다.

그렇게 '능숙하게' 아플 때마다 집안일을 하다 손을 데고도 아무런 말 없이 응급처치를 했던 엄마 생각을 하곤 했다.

"엄마, 아파?"
"으응, 괜찮아."

엄마는 그때 혼자였구나. 내가 거기 있었지만 나를 놀라게 할 수도 없고 아픔을 설명할 수도 없어서 혼자였겠구나.

나의 외로움은 괜찮은데 엄마의 외로움은 너무 많이 사무친다. 이런 장면들은 영화나 드라마가 될 수는 없을지 몰라도 내 안에서는 끊임없이 상영되는 아픔으로 남을 것이다.

갖기도 전에
    갖지 못할까 봐
    겁내는 사람 ———— ◯◯

누군가를 좋아할수록 그 사람에게서 멀리 떨어지게
된다. 그의 기대보다 내가 못한 사람일지도 몰라서,
실망하게 하기 싫어서 아예 그 사람의 반경 안에서
사라지기를 택하는 것이다. 몇 번이나 좋아하는 사
람을 놓치고도 이렇게 살아간다.

　　나는 멋진 사람들을 좋아한다. 자기 영역이 확
고하고 능력이 출중하며, 한 인간으로서도 뚜렷한

취향을 가진 사람. 그런 사람들을 마주할 때 나는 자발적으로 시험대에 오른다. 오케이, 통과. 너는 내 곁에 있어도 돼. 혹은 미안하지만 넌 아니니까 포기해. 마치 나에게 내리는 선고를 기다리기라도 하는 것처럼.

한때는 이런 생각도 해보았다. 내가 곧잘 누군가를 평가하고 그 평가에 따라 내 곁에 남을 사람을 결정하고 떠나보내는 그런 사람이어서 자연스럽게 다른 사람들도 그러리라고 생각하는 걸까? 하지만 그렇다기엔 내 주변에, 내가 사랑하는 친구들은 평가의 영역에 넣어본 적이 없는 사람들이었다. 그냥 내게 좀 더 상냥했거나, 나보다 좀 더 용감해서 적극적으로 다가와 줬을 뿐인, 혹은 그냥 사람을 원체 좋아하는 사람들. 무표정한 내게 다가와 주면 나는 그걸로 감사했다. 성격이 맞지 않아서 자연스럽게 만나지 않게 되는 경우가 있을지언정 누군가는 직업이 별로고, 누군가는 너무 평범한 취향을 가졌고, 그런 복잡한 이유로 사람을 잘라내고 말고 할 인간은 못

되었다. 그러니까, 나는 그냥 겁이 많은 사람이었다. 갖기도 전에 갖지 못할까 봐 겁을 내는 그런 사람.

나는 누군가의 칭찬할 점을 쉽게 찾아낼 줄 안다. (그만큼 단점도 금세 발견한다는 양심 고백을 미리 해둔다.) 그런데 그렇게 발견한 장점을 그 사람에게 다가가 "당신은 이런 점이 굉장히 매력적이라는 걸 알고 있나요"라고 말해본 경우는 거의 없다. 벽을 아주 조금씩 허무는 지난한 과정을 거친 다음에야 용감해지는 나는 칭찬을 마음에 쌓아뒀다가 끝내 내뱉지 못하고 포기하는 경우가 많았다.

이렇게 하는 건 용기 없음이 주된 이유이기도 하지만, 또 하나 결정적인 이유는 내 말이 '가식'으로 보일까 봐서다. 이런 칭찬을 할 때 상대에게 바라는 것이 있어 보일까 봐 두렵다. 또한 나는 진심이지만 말의 높낮이가 부족해 영혼 없는 말로 들릴까 봐 우려스럽다. 진심으로 뱉은 말에 "영혼 없다"라는 말을 너무 자주 들어왔기 때문이다. 영혼이 있으려면 대체 어떻게 말해야 하는 건지, 아직도 방법을 찾지 못했다. 결국 상대가 나에 대해 웬만해서는 오해하지 않을 정도가 되면 그제야 참아온 사랑을 퍼붓곤 했다.

칭찬도 잘하고 예쁜 말도 잘해서 내 친구들이 '포장 전문'이라고 부르는 남편은 이런 나를 여러 번 다그쳤다.

"너는 누가 너 칭찬하면 싫어?"

"아니, 너무 좋지."

"그 사람이 너한테 뭘 바라는 것처럼 보이면 그건 어때?

"사실 그렇다고 해도 칭찬은 그냥 좋아."

"그래! 남들도 다 그런 거야. 네가 설령 어떤 불순한 의도를 갖고 상대에게 접근한다고 하더라도 좋은 말을 들으면 사람은 기분이 좋을 수밖에 없어. 그러다가 가까워지고 친해지는 거야. 그냥 들이부어도 괜찮아."

모든 가르침은 역지사지에서 온다는 걸 잘 알면

서도 나는 의심을 멈출 수 없었다. 나 또한 누군가에게 어떤 뜻으로 잘해주든 상대가 따스하게 받아주면 감사하게 생각하면서 타인을 대하는 내 마음은 왜 그다지도 엄격하게 들여다보는지. 하지만 별수 있나. 답답해도 그게 나였다.

분명 남편의 몇 마디는 날 바로 바꾸지는 못했다. 그러나 남편의 끊임없는 다그침과 그의 '포장' 기술을 실시간으로 1열 직관하는 날이 쌓이면서 조금은 단순해질 필요가 있다는 걸 인정하지 않을 수 없었다. 느끼면 느끼는 대로, 좋아하면 좋은 그대로 말해보고 싶어졌다.

확연히 달라졌다고는 할 수 없지만, 요즘 들어 조금 더 용기 내는 나를 느낀다.

"사실은 제가 이런 말을 하는 걸 망설였는데요. 그래도 제 마음을 말하는 게 나을 것 같아서요"라는 서론을 깔기는 하지만. 그렇게라도 좋은 마음을 표현할 수 있게 된 지금이 전보다는 훨씬 나은 것 같다.

친해지고 싶었던 많은 사람을 놓쳤다. 앞으로는

사람을 조금 덜 잃고 싶다. 어떻게 말해야 불순한(?) 의도가 없어 보일까? 어떻게 해야 내 진심이 제대로 전해질까? 아차, 또 잊었다. 이런 고민은 필요가 없다. 나도 누군가의 다정함을 이유 없이 좋아하니까.

가끔은
　　　친절하지 않을
　　　용기 ＿＿＿＿＿＿＿＿＿＿＿＿ ∅

많은 젊은 여성이 자신의 말투에 'ㅇ(이응)'을 섞어 쓰
게 된 데는 사회적인 분위기도 한몫했다고 생각한
다. 애교스럽지 않은 여자는 무뚝뚝한 여자. 무뚝뚝
한 것으로 끝나면 다행인데, 남을 무시한다거나 오
만하다는 등의 오해를 사기 좋다.

　　나는 무례하게 굴거나 흘려듣지 않고 적당한 선
에서 대꾸해 왔음에도 이응 없는 말투 탓인지, 낮은

목소리 탓인지 자주 오해받았다.

　나를 괴롭히는 오래된 기억 하나가 있다. 고등학교 때 일인데, 시험이 끝난 무렵이었던 것 같다. 체육 선생님이 밖에서 수업하는 대신 재미있는 스포츠 영화를 틀어주었다. 나는 수업이 끝나고 다른 선생님을 뵐 일이 있어서 잠시 교무실에 방문했다. 나를 발견한 체육 선생님이 학생들의 반응이 궁금했는지 성큼 다가와서 물었다.

　"야, 오늘 틀어준 영화 재밌지 않았냐?"

　무슨 영화였는지 기억나지는 않지만 나는 분명 그 말에 바로 동조할 만큼 영화를 재미있게 봤다. 저 선생님은 왜 영화만 틀어주고 나가냐, 수업 날로 먹네. 따위의 생각은 추호도 한 적이 없고 그 영화의 퀄리티에 대해서도 한 치의 불만이 없었다. 밖에서 하는 체육 수업을 극도로 싫어했던 나로서는 교실에서 영화를 보게 해준 선생님에 대한 감사한 마음까지 있었던 것으로 기억한다. 그래서 나는 웃었다. 감사했고, 영화가 좋았으니까. 얼른 씩 웃으며 "네" 하고 짧게 대답했다. 그런데 전혀 예상치 못한 반응이 돌아왔다.

"이 새끼가 비웃네?"

단번에 표정을 굳힌 선생님이 내 앞에 차갑게 서 있었다. 그런 게 아니라고 얼른 수습하고 싶었지만, 너무 당황스러운 나머지 얼굴이 새빨개진 채 어버버 서 있었다. 때마침 체육 선생님을 찾아온 다른 학생 때문에 상황은 그냥 그렇게 넘어갔다. 끝내 선생님의 오해를 풀지 못한 채 체육 시간이 되면 조금 더 기가 죽는 것으로 내 악의 없음을 증명하려 애썼지만, 이후에 선생님과 어떠한 추억도 없는 걸 보면 아마전혀 증명되지 않았던 것 같다.

그 이후로도 무뚝뚝하고 불친절하다는 식의 오해를 종종 받았다. 나름 이 사회가 바라는 말투를 체득하고 적극적으로 적용해왔음에도 진지하게 생긴 얼굴 탓인지, 낯을 많이 가리는 성격 탓인지 오해는 끊이지 않았다. 이렇게 생겨 먹은 내 팔자지. 알아주는 사람이랑 놀자. 그 정도가 내가 할 수 있는 유일한

다짐이었다.

　나를 다그쳐가면서까지 친절해야 할까. 요즘은 그런 생각을 한다. 상대를 존중하고, 무례를 범하지 않는 정도면 충분한 것 아닐까. 말투나 표정이 사람들이 바라는 상냥함의 수준에 도달하지 못한다고 해도 내가 나를 꾸짖을 필요가 있을까. 과도하게 나를 낮춰 버릇한 이후로는 오히려 상대 쪽에서 나를 얕잡아 보는 일이 생기기 시작했다. 어쩌면 사람들은 자신이 더 강자가 되기 위해서 타인에게 친절함을 강요하고 있을지도 모른다는 생각이 들었다.

　제법 유난스럽게 친절했던 어느 시기를 지나 나는 이제 전처럼 억지로 웃지 않는다. 목소리 톤도 굳이 높이지 않는다. 타인을 쉽게 무시하지 않는 나라는 사람에 대한 믿음이 있기에 덜 친절해지기로 했다. 설령 오해를 산다고 해도, 그깟 오해 좀 받는다고 큰일이 생기는 것도 아니라는 걸 이제는 아니까. 이렇게 살아도 아무 일도 일어나지 않는다.

단호한 말투에 진지한 표정, 그다지 풍부하지 않은 리액션. 있는 그대로 차분한 내가 좋다. 용기는 평소의 나보다 더 친절해지기 위해서 쓸 것이 아니라 이런 나라도 괜찮다는 마음을 먹는 데 쓰자. 그게 훨씬 편하다.

다정한
어른이
되고 싶어 ─────── ⬭

인생 영화를 딱 하나만 골라야 한다면 나는 어김없이 〈찰리와 초콜릿 공장〉을 꼽는다. 어엿한 성인으로서 어떤 영화를 말해야 조금 더 멋져 보일지 모르는 바는 아니지만, 거의 스무 번 가까이 본 이 영화를 외면할 수가 없다.

가난한 집에서 태어났지만 누구보다 가족들을 사랑하는 착한 아이 '찰리'는 윌리 웡카가 전 세계에 다섯 장만 뿌린 '골든 티켓'의 주인공 중 하나가 돼 초콜릿 공장 견학에 참여하게 된다. 다른 당첨자들처럼 초콜릿을 무더기로 사줄 부모가 찰리에게는 없지만, 길에 떨어진 돈으로 산 초콜릿이 그를 공장으로 이끈다. 공장 견학 중에도 착한 태도를 보여 다른 아이들을 다 제치고 초콜릿 공장의 후계자가 된다. 더할 나위 없이 완벽한 해피 엔딩. 동화라면 응당 그래야 하는 결과를 마주하고 나는 안도했다.

이 이야기가 나에게 더 큰 울림을 주었던 건 바로 주인공이 '대단히' 착하지는 않았기 때문이다. 물론 찰리는 '착한' 범주에 든다. 다른 아이들처럼 이기적이지도 않고 욕심을 부려 견학을 망치지도 않으며 험한 말도 하지 않는다. 영화 내내 찰리가 보여주는 모습이라곤 꾹 다문 입술로 조용히 윌리 웡커의 견학에 집중하거나 간혹 행복하다는 듯 할아버지를 바라보며 웃는 정도가 전부다. 몸을 날려 누군가를 구하지도 않고 어린 나이에 가계를 이끌기 위해 고생을 한 것도 아니다. 그저 결정적인 순간에 욕심을 부리지 않는 것만으로 공장을 차지한다!

세상을 위해 거창한 일을 하지 않아도 행운의 주인공이 되는 이 영화의 흐름은 지극히 평범한 나도 어쩌면 그런 결말을 맞이할 수 있지 않을까 하는 망상을 하게 했다. 적당히 착하고 모나지 않게만 살았을 뿐인데 영화 속 찰리는 충분히 빛난다. 나에게도 인생을 바꿀 초콜릿 공장 하나쯤 필요했으니 무의식에 저절로 '착하게 살자'가 입력되었을 것이다.

이 영화가 인생 영화인 또 하나의 이유는 내가 언제나 바라마지 않는 존재가 등장한다는 데 있다. 바로 '예민한 어른'. 욕심 많고 못된 아이들을 내색 없이 지켜보고 있다가 벌을 주어야 할 때는 벌을 주는 공정한 어른이 바로 윌리 윙카다.

그는 아이들의 못된 말과 이기적인 행동을 보면서도 짐짓 모르는 척 고개를 돌리거나 '흐응' 하는 특유의 콧소리를 내며 외면한다. 겉으로는 모르는 척하지만 실제로는 하나하나 기억하며, 아이들의 나쁜 행동을 모두 '계산' 속에 넣고 있다는 게 찰리 편에 서 있는 내게 안도감을 주었다.

어른이 되고 나니 아이들이 조금 욕심이 많거나 이기적이어도 그렇게 밉지가 않다. 어차피 인간은 커갈수록 다치고 깎이며 변화하는 법이니 아이일 때만큼은 조금 욕심쟁이여도 괜찮을 거란 생각도 한다. 하지만 어린 내가 원망했던 건 바로 나 같은 어른이었다. 욕심부리는 아이에게 사탕 주는 어른들 말이다.

유독 숫기가 없어 '저요! 저요!'라고는 도무지 몰랐던 나는 자신의 욕심을 있는 그대로 드러내는 다른 아이들에게 열등감을 느끼고는 했다.

줄을 서서 기다리면 선물을 주겠다는 말에 제일 뒤에 서서 차분히 기다렸는데, 울고 떼쓰는 아이 손에 제일 먼저 선물이 쥐어지던 모습을 지켜보면서 패배감에 젖곤 했던 어린 시절. 내가 착하게 기다리고 있었다는 걸 누군가는 알아주길 바랐다. 바로 윌리 웡카처럼. 그의 예리함이 위로가 되었던 게 나 혼자뿐이었을까. 나는 여전히 위로받고 싶은, 나 같은 어른아이가 많다고 생각한다.

　나이가 들수록 '적당히' 착하게 사는 일이 참 어렵다. 이제 나는 영화 속 윌리 웡카처럼 착한 이들에게 더 다정한 사람이 되는 방향으로 살아야 하는 어른이다. 비록 물려줄 초콜릿 공장이 없어 다정함이 충분한 보상이 될지는 모르겠다. 하지만 누군가 단 한 명이라도 자신을 알아봐주었다는 이유로 열패감을 떨칠 수 있다면 그렇게 살아볼 만하지 않을까.

낯선 길에서
행복을 줍게 될 수도
있으니까 _____ ⌀

초행길에 대한 두려움이 커서 그렇지 한 번 가본 길
은 곧잘 기억하는 편이다. 내가 길을 잘 찾는 건 팔
할이 구글맵의 도움이 있어서이긴 하지만, 여행지에
서도 동네를 익히고 나면 웬만한 거리는 지도 없이
쉽게 돌아다닐 수 있을 만큼 금방 위치를 파악하는
편이다. 여기 어디쯤이었는데, 하는 어렴풋한 기억.
그것만 있으면 충분하다. 세탁소가 있는 골목에 들

어서면 코너에 세워져 있던 자전거, 건너편은 파란 지붕집. 이런 정보를 종합하면 목적지를 찾는 건 어렵지 않다.

두려움을 견디기 위해 가장 먼저 선택하는 방법도 이와 비슷하다. 그때도 이랬던 것 같은데, 하며 과거의 기억을 현재의 매뉴얼로 삼는 것. 세상 모든 일이 내가 아는 대로만, 내가 겪어온 대로만 흘러가지는 않지만 때마다의 깨달음을 떠올려 보는 건 요동치는 마음을 잠재우는 데 꽤 큰 도움이 된다.

내가 노랫말을 쓴 가수 윤하의 〈나는 계획이 있다〉는 이런 불안함과는 먼 노래다. 텅 빈 허공을 가로질러 거침없이 자라나는 꿈, 난 분명 해낼 테니 믿어보라고 말하는 당당함. 평소 나에게는 잘 없는 모습이지만, 가사 쓸 때만큼은 내 것이 아닌 태도도 내 것처럼 가져볼 수 있다. 사전 정보 없이도 막연한 가능성을 믿고 모험을 떠나는 것. 언제나 내가 꿈꾸는 모습이다.

모든 창작물은 각자의 배경 속에서 해석할 자유

가 있으니, 약간의 다른 의미를 더해볼까. 나 같은 겁쟁이들에게도 어울리게 바꾸자면 이렇게 이야기해 볼 수도 있겠다. 많이 다쳐보고 헤매도 봐서, 지도 없이도 괜찮은 거라고. 잠시 길을 잃을 수는 있지만 그게 영원한 끝은 아니라고. 먼 길을 둘러 가더라도 치명적인 실패는 아니며, 낯선 길에서 행복을 줍게 될수도 있는 거라고 믿어보는 것이다. 우리 앞에 있는 막다른 길, 그리고 그때 느꼈던 좌절감은 우리 몸에오래 남아 다시는 그런 절망 앞에 나 자신을 데려가지 않을 것이다. 그리하여 막연한 나날을 헤매고 있는 이 순간도 훗날 어느 길이든 찾아내는 자양분이되지 않을까.

우리는 때때로 길이 아닌 곳을 밟고 다져 새로운 길을 만들며 나아간다. 앞으로 나아가는 것 외에는 어떤 것도 신경 쓸 겨를이 없기에 계속 전진할 뿐이다. 그다음부터는 나의 길을 다채롭게 꾸밀 수도 있을 것이다. 몇 개의 직선과 곡선만이 자리했던 삶의 평면도에 색을 입히는 일. 약한 마음을 가진 사람이나 강한 마음을 가진 사람이나 누구나 공평하게 해낼 수 있는 일이다. 제약 없음에 대한 확신이 생길 무렵 그때쯤이면 이런 말을 내뱉을 수도 있지 않을까?

지도 없이도 찾아낼 테니 한번 날 믿어봐.

×

chapter 4

내 삶의 원칙들

조금은 덜 상처받고 싶어서 만든
인생의 원칙

고양이 리루는 목욕을 싫어한다.

1년에 한 번 아주 더운 날에 가까스로 몸을 씻긴다.

샤워실에 내려놓자마자 아기처럼 애옹 애옹 우는 리루를

"아이 시원해, 아이 시원해" 하며 달래는 나.

안 통할 말을 그렇게나 열심히 내뱉는 게 우습다.

그렇게라도 말하면

리루 마음이 좀 낫지 않을까 해서

고장 난 로봇처럼 목욕이 끝날 때까지

그 말만 중얼거린다.

상처 입은 내 마음을 달랠 때도 나는 그렇게 한다.

별로 안 아프네? 전에 겪어본 감정이지? 곧 지나갈 거야.

금방 괜찮아지는 마음이 아니어도

그렇게 계속 다독여야만 조금이나마 빨리 나을 것 같아서.

억지로 위로할 일 없게 애초에 덜 상처받을 수는 없을까.

나는 나를 위해 수많은 원칙을 세웠다.

무안했던 순간, 쓸쓸했던 순간을 모두 모아서

각종 상처의 예시로 걸어두었다.

어떻게든 덜 아프고 싶어서.

비슷한 순간만 조심하면 덜 다칠 수 있을 것 같아서.

이럴 때 보면

목욕한 걸 금세 잊고 뛰어다니는 리루보다

내가 더 나약하다.

1. 자기 관리:
끼니는
꼭 챙긴다 ──────── ⑦

지금의 건강한 정신(?)을 갖기 전에 나는 어딜 가나 '1일 1식'을 한다고 말했다. 과도한 자기관리가 아나운서의 덕목이기라도 한 것처럼 이 말을 꺼내는 데 부끄러움이 없었고, 실제로 꽤 오래 실천했다. 거의 7~8년 동안 아침은 당연히 패스. 점심만 배부르게 먹고 이후부터는 쫄쫄 굶는 식으로 살았다.

사실 나는 그렇게까지 살이 많이 찐 적도 없었

다. 고3 수험생일 때 잠깐, 대학 3학년 때쯤 대학방송국 실무국장을 맡는 바람에 온갖 회식 자리에 불려 다니느라 잠깐. 지금과 비교했을 때 체중이 조금 더 나갔을 뿐 그때도 평균 체중이었다. 그래도 원래 체중이었던, 과거의 말랐던 때로 돌아가고 싶다는 생각이 계속 있었다. 그게 뜻대로 안 되자 1일 1식이라는 극단적인 방법으로 다이어트를 시작한 것이다.

식욕과 허기를 억지로 참아내는 건 당연히 일상에 부정적인 영향을 주었다. 무언가 내내 '참고 있어야 한다'라는 사실이 나를 예민하게 만들었고, 좋은 식사 자리에 가서도 덜 먹기 위해 애쓰느라 만족하고 나온 적이 없으며 혹여 과식을 한 다음 날은 죄책감에 허우적대느라 하루가 그냥 버려질 때도 있었다.

사실 철저히 1일 1식을 해냈다고 보기도 모호한 것이, 허기를 달랜답시고 과자나 초콜릿을 조금이지만 거의 매일 먹었다. 저녁 6시 전에 먹는 건 괜찮다고 합리화했다. 평범한 일상인데도 어딘가 늘 불안하고 부족한 마음이 드는 데에는 이 괴이한 식습관이 크게 한몫했다고 생각한다.

　이런 강박에서 벗어난 건 결혼을 하면서부터였다. 혼자 살 때야 그냥 저녁을 굶어버리면 그만이었지만, 끼니를 다 챙겨 먹는 사람을 옆에 두고 그럴 순 없었다. 매일 저녁을 혼자 먹게 만들기 미안했다는 건 핑계고 솔직히 식욕을 참기가 힘들었다. 그렇게 해서 식탁에 몇 번 합류하던 것이 어느새 늘 저녁 식사를 하는 걸로 바뀌었고, 신혼 놀이를 한답시고 남편과 이것저것 해 먹는 재미에 빠지면서 내가 한 음식이 입맛에 굉장히 잘 맞는다는 걸 알아버리기에 이르렀다. 하지만 저녁을 먹으면서도 마음 한쪽에는 늘 불안감이 있었다. 이러다 언제 갑자기 확 살이 찔지 몰라, 내일은 한 끼만 먹어야지, 하는 날들이 많았다.

　그런데 시간이 꽤 흐른 후에도 이상하게 살은 조금도 찌지 않았다. 주변에서는 결혼하고 오히려 말라가는 것 같다는 말까지 했다. 그렇게나 오랜 불안 속에 살았는데 알고 보니 내가 살이 잘 안 찌는 체질이었던 건가? 혼란스러웠다. 하지만 되짚어보니 이유가 있었다. 억지로 굶느라 한 끼를 먹을 때 꼭 과식을 했던 습관이 문제였다. 포만감이 안 들어서 살도 안 찌는 줄 알았던 초콜릿, 과자, 단 음료, 이런 음식이 건강을 해치고 있었다. 제때 정량의 밥을 먹기 시작하자 몸과 마음이 제자리를 찾아가는 게 느껴졌다. 케이크를 한 판도 다 먹을 수 있던 내가 이제는 눈앞에 케이크가 있어도 잘 거들떠보지 않게 되었다.

아주 사소한 지점이지만, 밥을 자유롭게 먹을 수 있게 된 것은 꽤 큰 해방감을 주었다. 가야 할 것 같은 자리를 억지로 피하는 일도, 가서 한두 번 젓가락질하고 고문처럼 긴 시간을 버틸 일도 더는 없었기 때문에 불필요한 부담이 사라졌다. 당장의 한 끼가 나를 너무 많이 변화시킬까 봐 두려워했던 오랜 시간이 금세 무의미해졌다. 밥을 좀 많이 먹는다고 내가 변할 리도 없었거니와 조금 변한다고 한들 나에게만 느껴지는 변화에 그렇게 겁먹을 필요도 없었다.

또한 끼니를 잘 챙기는 데서 오는 체력적인 뒷받침이 몸과 마음을 덜 지치게 해주었다. 흔히들 말하는 '밥심'이라는 게 뭔지 뒤늦게 알았다. 당연한 일을 당연하게 하는 게 이렇게 마음을 편하게 해주는지, 안달복달하며 살 때는 상상조차 못 했던 일이다.

요즘은 저녁 뉴스 준비를 하다가도 5시 30분이 되면 구내식당에 꼭 밥을 먹으러 간다. 보도국의 어느 누구도 움직이지 않아도 나는 그렇게 한다. 배 속이 텅 빈 것에 안도하며 이 가벼운 느낌이 좋다고 스스로 최면을 걸 때보다 잘 먹고 제대로 내 몫을 하는 지금이 더 좋다.

2. 자존감:

못하는 건
못한다고 말하기 _____ ∅

나는 잘하는 것과 못하는 것, 앞으로도 못할 것이 분명한 것에 대한 판단을 확실히 해두는 편이다. 스스로를 규정짓고 한계를 만드는 것으로 보일 수도 있겠지만, 지금껏 제법 옳은 판단을 해왔다고 생각한다. 잘할 수 있다고 생각한 건 꽤 잘했고 못할 것 같은 건 죽어도 나아지지 않았다. 아! 딱 한 가지, 운전은 죽어도 못할 것 같았는데 어쩌다 보니 그냥 '하고는' 있다. 이런 예외 말고는 '아, 안 될 것 같은데' 한 일이 잘된 적이 별로 없었다.

　이런 생각을 하게 된 데에는 학창 시절 체육 탓이 컸다. 나는 어려서부터 정말 운동과는 거리가 멀었다. 언제나 상상 속에서는 4인 계주에서 마지막 주자로 등장해 모든 선수를 제치고 역전승을 거두었지만, 현실은 운동회 6인 달리기에서도 언제나 5등 아니면 6등. 피구는 아무리 잘 피해보려고 애써도 들어가자마자 5분 내로 공 맞고 나오기 일쑤였고, 발야구 역시 1루 진출조차 어려웠다. 공이라는 것은 도통 내 생각대로 움직여주지 않았고 공보다 더 뜻대로 안 되는 건 바로 내 몸이었다. 경기가 시작되기 전부터 알고 있었다. 내가 못할 거라는 걸. 어디서 없던 운동신경이 갑자기 튀어나와줄 리 없다는 것을.

　'운동 패배자'로서 살아가는 것은 사실 그렇게 큰 타격을 주지는 못했다. 체육을 좀 못해도 국어를 잘했고, 암기과목에 강했고, 기타 등등 자존감을 회복할 만한 장점들이 있었으니까.

소중하게 지켜온 이 자존감도 와르르 무너진 적이 있었는데, 갑자기 운동회 달리기에서 3등을 하면서 그 일은 벌어졌다. 그해 상품이 유독 좋았던 걸까. 그래봤자 공책 다섯 권 묶음이나 연필 세트였을 텐데. 나는 왜 그토록 열심히, 그것도 잘해버렸던 걸까?

하필 함께 달리는 나머지 다섯이 꼭 나 같은 친구들이었던 희한한 조합 덕분에 나는 돌연 3등을 해버렸고, 초등학교 3학년 가을 운동회에 갑자기 높이뛰기 선수로 출전하게 되었다! 달리기 시합을 미리 했던 이유는 종목마다 선수를 뽑기 위함이었다. 각 조의 1등을 뽑아 네 명까지 계주에 나가고 그다음 등수부터 차례로 멀리뛰기, 높이뛰기에 나갔다. 아니요! 저는 그 자격을 원한 적이 없는데요?

충격받은 마음이 소리를 내기도 전에 선생님은 명단에 내 이름을 넣어 제출해버렸고 나는 전혀 준비되지 않은 채로 방과 후에 남아 높이뛰기 연습을 시작했다.

"선생님, 저 못할 것 같은데요…."

"그냥 해!"

간단한 말로 차단했던 선생님도 막상 내 수준을 목격하고는 조금 당황한 눈치였다. 우연으로라도 단 한 번도 줄을 넘어가지 못하는 내 모습은 나에게도 충격이었다.

선생님은 운동회를 며칠 앞두고 이제 와서 선수를 교체할 수도 없으니 그냥 나를 개조(?)해보는 쪽으로 결심한 듯했다. 옆으로 비스듬히 건너가 봐라, 정 안 되면 고무줄넘기 한다고 생각하고 발로 넘어 봐라 등등 많은 조언을 건넸지만 나는 연습에서 정말 단 한 번도 줄을 넘어가지 못했다.

운동회 당일에도 이변은 없었다. 잘해보려고 끝까지 애를 썼지만, 엉덩방아를 찧으며 대차게 넘어지는 것으로 나의 도전은 끝났다. 마침 전날 비가 왔던 터라 축축한 흙 밭이 된 운동장에서 체육복은 엉망이 되었고 내 기분은 나락까지 떨어졌다. 선생님은 "고생했어"라는 말로 짧은 격려를 건네고 다른 아이들을 응원하러 훌쩍 떠났다.

그러니까, 전 안 될 것 같다고 했잖아요. 연습 때도 보셨잖아요. 근데 왜 내 말을 안 믿어주고 이렇게 창피하게 만드세요.

선생님을 향한 원망이 마음속에서 부글거렸다. 그러다 상황을 여기까지 몰고 온 건 바로 나라는 걸 깨달았다. 나는 선생님에게 '제대로' 못한다고 말하지 않았다. 내가 달리기 3등을 한 건 우연이고, 높이뛰기는 해본 적도 없으며 정말 이 반을 위해서 내가 나가면 안 된다고 힘주어 말하지 않았다. 기어드는 목소리로 "못할 것 같아요…"라고 말했던 게 전부였다. 그때 알았다. 이렇게 낭패를 보지 않으려면 못하는 건 확실하게 못한다고 말해야 한다는 걸. 이때의 교훈이 얼마나 강렬했는지 26년이 지난 지금도 그날의 흙 묻은 체육복과 엉덩이 통증이 그대로 느껴질 정도다.

못하는 건 부끄러운 게 아니지만 못하면서 할 줄 아는 척 나섰다가 들통나는 건 부끄러운 일이다. 회사에서는 물론 친구들과 대화할 때도 못하는 것, 모르는 것이 있으면 선언하듯 외친다. 나 그거 못해! 나 그거 몰라! 그렇게 먼저 말하고 나면 모든 게 별일이 아니게 된다. 다시는 젖은 흙 위에 뒹굴지 않기 위해, 내 마음을 지켜주기 위해 세운 법칙이다.

3. 일:
스스로에게
당당한 마음으로 ⟋⟍ ⟢⟣

나는 혼나는 게 끔찍이도 무서운 아이였다. 어른이 되어서도 여전히 싫은 소리가 죽기보다 싫다. 혹시라도 욕먹게 될 가능성을 최대한 피해 살아간다. 어쩌면 내가 가진 최소한의 선함은 '누군가 나를 지켜보고 있을지도 모른다'라는 마음에서 나오는지도 모른다.

아르바이트를 할 때도 언제나 내 마음에 찰 만

큼 '제대로' 일을 해야 속이 편했다. 이를테면 방치되기 쉬운 양념통 선반을 닦는다든지, 건물 청소부를 기다리기에는 화장실이 너무 더러워서 직접 화장실 청소를 한다든지 식이었다. 칭찬받고자 하는 마음보다는 불시에 '이런 것도 확인 안 했어?' '여긴 청소 안 해?'라고 지적받을 여지가 있는 게 싫었기 때문이다. 가벼운 잔소리조차 흘려듣지 못하는 나는 크고 작은 비난에 시달리기보다 늘 몸이 고단한 편을 선택해왔다.

삼청동 한 카페에서 일할 때였다. 통유리창에 쌓인 송홧가루를 다 제거하고, 바깥에 둔 의자를 하나하나 닦고, 그다음부터는 내부 청소 시작. 사실 매니저 언니부터 모든 아르바이트생이 하는 일이어서 생색낼 일도 아니었다. 그저 내가 일하는 오늘, 모두가 하는 그 일들에 빈틈이 생기지 않았으면 하는 마음이었다. 그런데 어느 날, 일하던 모습을 지켜보면 동네 할아버지가 카페에 들어와 칭찬을 늘어놓기 시작했다. 자기가 이 동네 주민인데, 아무도 보는 사람 없고 자기 카페도 아닌데 이렇게 열심히 일할 수 있다니 놀라워서 들어왔다는 것이었다. 훗날 그 할아버지가 이상한 방식으로 지분거리면서 그 칭찬이 일순간 퇴색돼버리긴 했지만… 어쨌든 그때 처음으로 인지했던 것 같다.

내가 참, 열심히 일하는 사람이구나.

한편 이런 생각도 한다. 어쩌면 이건 '아랫사람 증후군(?)' 같은 것이 아닐까. 아르바이트를 너무 많이 해서, 언제나 누군가에게 일을 지시받거나 지적받는 입장이었기 때문에 어떤 일을 완벽하게 수행하는 데 길든 것일 수도 있겠다. 혼나지 않기 위해 성실히 일하는 일개미 직원, 그 이상 그 이하도 아닌. 그렇지만 그 이상의 무언가가 작게나마 내 안에 있었다. 스스로 당당해지고자 하는 마음이.

자기 삶에 당당하면 누가 뭐라고 해도 흔들리지 않아야 하는데, 누군가 가볍게 던진 한마디에 화가 나 몸이 파르르 떨릴 때가 있었다. 내가 얼마나 공

들여 살고 있는데 얼마나 치열하게 살아왔는데. 자기 연민일지도 모를 이 생각이 너무나 견고해서 누가 작은 낙서라도 할라치면 내 인생에 대한 모독처럼 느껴졌다. 아무리 사소한 일이어도 그랬다. 일에서 중요한 건 결과라는 것을 나 역시 잘 알고 있지만, 과정에 부여한 의미가 커서 함부로 말하는 사람들이 싫었다.

어쩌면 나는 내 삶을 지독히 사랑해버린 것이다. 그래서 작은 흠집도 용납할 수 없던 게 아닐까. 평가의 잣대가 타인의 시선이 아니라 내 안에 있기에 아무도 보고 있지 않아도 모든 순간 최선을 다했다. 이미 점수를 매겨두었는데, 납득할 수 없는 점수를 굳이 덧입히는 사람들이 미울 수밖에.

그럼에도 숙제는 여전히 남아 있다. 언젠가 들을지도 모르는 '싫은 소리'에 신경질적으로 반응하기보다 그런 이야기를 들어도 웃어넘길 수 있게 좀 더 유연하고 담대해질 것. 나는 분명 애쓰며 살고 있으니, 그걸로 충분하다고. 나를 어르고 달래볼 차례다.

4. 사회생활:
권위에
약해지지 말자 ⌀

고백하자면 나는 늘 권위에 약했다.

대학 때부터 했던 아르바이트야 금세 그만두고 새 자리를 찾으면 그만이었지만, 아나운서 생활은 그렇지 않았다. 하고 싶은 사람은 너무 많고 일자리는 턱없이 부족한 방송 업계에서 내 '밥줄'을 쥔 사람들에게 잘 보이기 위해 부단히 애를 써야 했다. 지역 민영방송의 리포터 시험에서는 가수 팀의 〈사랑합니

다)를 부르며 가사를 '작가님, 피디님 사랑합니다'로
바꾸는 데 망설임이 없었고, 때마다 직접 만든 과일
청을 사무실에 두기도 했으며, 본가에 들렀다가 출
근하는 날이면 성심당 빵을 잔뜩 사 들고 가곤 했다.
친절히 대해준 사람들에 대한 진심도 없지는 않았
지만, 그 자리에 붙어 있고 싶은 마음이 더 컸다는 걸
부인하기 힘들다. 건당 평균 10만 원의 보수를 고정
수입으로 붙들어놓기 위해 자존심 같은 건 저 멀리
던져버렸다.

　그 당시의 나를 비난하고 싶지는 않다. 최소한
부도덕하지는 않았다고 생각하기 때문이다. 타인을
밟고 올라서지도 않았고 뒷돈을 갖다 바친 적도 없
다. 그저 인사권자의 마음에 들고 싶었던 마음, 그것
이 다소 굴종적이라 할지라도 먹고살기 위해서였을
뿐이다. 그저 내처지길 원치 않았던 것뿐이다. 먹고
살아야 한다는 그 핑계가 어디까지 먹히는 건지는
모르겠지만.

　이러지 말자고 마음을 고쳐먹은 건 슬프지만 그

럼에도 '버려지고' 나서부터였다. 내가 일을 계속하게 만드는 데 일종의 '세레나데'나 과일청, 빵 같은 것은 아무 도움이 되지 않았다. 때가 되면 나는 잘렸다. 새로 바뀐 팀장 눈에 내가 썩 괜찮지 않으면, 회사가 내게 지급하는 출연료가 아깝다는 생각을 하기 시작하면, 혹은 신선한 다음 타자를 찾으면 나는 대체되었다. 막아주지 못해 미안하다는 말을 하며 같이 속상해하는 선배나 있으면 다행이지, 위로 한마디 없이 "그렇게 됐다"라는 전화 한 통으로 끝나는 일도 많았다. 방송일을 그만 두고 일반 기업에 정규직으로 취업한 것도 그 때문이었다. 언제 잘려도 이상하지 않는 일을 한다는 것에 질려버렸다.

지금은 상사에게 애써 잘 보이려고 노력하지 않는다. 요즘은 회사 인사 발령이 새로 날 때마다 국장이 누구이고 본부장이 누구인지조차 놓치고 살 때가 많고, 그저 내게 주어지는 '일'만 생각한다. 어쩔 수 없이 눈에 보이는 것들이 있기는 하지만 나서서 알려 하지 않는 것으로 외면한다. 회사의 누군가에게 작은 선물을 하는 경우는 정말 진심을 표현하고 싶을 때에 한할 뿐, 나를 '잘 봐주십사' 하는 마음에 움직이지는 않는다.

물론 권위자나 권력자에게 잘 보이면 덕을 보는 일은 지금도 있을지 모른다. 세상 돌아가는 게 그러할 텐데 여기라고 뭐가 그리 청정할까. 더 큰 프로그램을 맡기 위해서 애를 써야 하는데, 그걸 내가 모르고 살아가고 있을지도 모른다는 생각도 가끔 한다.

하지만 이제 더는 비굴하게 살고 싶지 않다. 그렇게 해서 얻어내는 기회라면 또 쉽게 잃게 될 것을 알기 때문이다. 일 외적으로 무리하지 않고 애쓰지 않아도 나를 찾아오는 기회만이 진짜 내 것이라고 생각한다.

애써 모르는 척 살아가도 평생 '권위'로부터 완전히 자유롭지는 못할 것이다. 그래서 더 마음에 새긴다. 잘 보이려 애쓰지 말자고. 더 큰 사람이 되지 못해도, 더 잘나가지 않아도 좋으니 윗사람에게 굽신대지는 말자고.

이 원칙이 옳았음을 증명하기 위해서는 평생을 걸어야 할 것이다. 아직은 나에게 살아갈 날이 (아마도) 더 많이 남아 있으니까. 훗날 '너는 그래서 거기까지였던 거야'라고 할지 모르겠지만 적어도 지금은 마음이 편하다. 잃었던 자존심을 뒤늦게 챙기는 모양새일 수 있겠지만, 뒤늦게라도 이런 마음을 먹은 나 자신이 조금은 덜 불쌍하다.

5. 관계:
　　　관여하지
　　　않는다 _____ ⦿

유행한 지 오래인 열여섯 가지 성격 분류에 따르면 나는 분명 통제형(J) 인간이다. 계획을 철저히 짜는 편은 아니지만, 상황에 대한 구상이 늘 머릿속에 있기 때문에 그 그림이 무너졌을 때 크게 당황하곤 한다. 사람에 대해서도 내가 기대하는 바가 다소 분명하고 응당 나와야 한다고 생각하는 반응이 나오지 않았을 때 실망했던 것도 솔직히 여러 날이다.

나이 듦의 축복인지 그나마 철이 든 것인지 그래도 '사람'에 대한 기대는 많이 내려놓았다는 걸 최근 들어 느낀다. 상대에게 느끼는 감정을 가득 담아 예쁜 말로 '리본 묶어' 전달하고, 상대의 감동받는 표정을 보며 흡족해하는 일련의 과정이 다소 무의미하게 느껴지기 시작했다. 여전히 사람의 마음만큼 귀한 것은 없고 인류의 사랑이라는 것은 놀랍고도 위대하다고 믿고 있지만, 내 주위에 직접 흩뿌리는 사랑은 현저히 줄었다. 글쎄, 고양이를 사랑하기에도 마음이 부족한데 인간에게까지 나눠줄 여분이 없다고 느껴서일까. 아니면 마음은 조른다고 얻어낼 수 있는 것이 아니라는 걸 알아버린 탓일까.

분명한 건 나에게나, 나를 대하는 사람에게나 어느 정도의 무심함이 지나친 관여보다 낫다는 것이다. 내 마음도 뜻대로 안 움직이는데 남의 마음이 어디 쉬울까. 나는 상대를 귀찮게 하지 않는 법을 배웠다. 바로 '관여하지 않기 위해 노력하기'. 너의 인생은 너의 것, 나의 인생은 나의 것. 내가 기대한 반응을 상대가 내어주지 않아도, 우리는 애초에 다른 존재이기 때문에 서로 서운할 필요가 없다고 기본 설정을 해두는 것이다.

물론 이런 원칙을 세운다고 해서 모든 실망으로부터 자유로울 수 있는 건 아니다. 사람에게 다치는 일도 여전하다. 다만 이제는 왜 내가 당신에게 하는 만큼 나에게 잘하지 않는지를 따져 서운해하지 않는다. 그보다는 내게 무례했을 경우, 내 영역을 존중하지 않았을 경우 분노하는 경우가 많다.

모든 문제는 소유욕 때문이었을까. 사람이고 물건이고 '내 것'이라는 생각을 버리니 쓸데없는 관심이 줄었다. 그렇게 해서 생긴 공간만큼 숨 쉴 구석이 많아졌다.

솔직히 이렇게 마음먹는 데에는 내게 서운해하는 친구들의 영향도 있었다. 왜 더 자주 연락하지 않는지, 왜 자신과 더 많은 시간을 보내지 않는지 서운해하기 시작하면 친구가 어렵고 버겁게 느껴졌다.

마주해서 웃고 즐거운 이야기를 나누는 게 아니라 늘 무언가 채근당하는 기분. 회사에서도 마음이 힘든데 친구를 만나서도 눈치를 봐야 한다니. 꽤 오랫동안 억지로 친구를 만나고 여행도 가며 그렇게 끌려다녔다. 이런데도 내가 무심하게 느껴졌다면 내 마음이 거기까지였을 뿐. 그 이상은 뭔가 더 해줄 수 없는 문제였다.

몇 번쯤 이런 식으로 관계를 정리하고 나니 가족이 아닌 관계에서 이러한 부분이 서운하니 바꿔달라는 요구 자체가 무의미하다는 게 확실해졌다. 사람은 바뀌지 않고 뾰족한 말들만 상처로 남는다는 것. 겪어보니 지나치게 솔직한 말은 때로 서로를 멀어지게 만들기도 했다. 사랑하고 아끼는 만큼 관여하고 싶어질 때, 내가 원하는 행동을 끌어내고 싶을 때마다 이 생각을 다시 꺼낸다.

관여하지 않는다. 기대하지 않는다. 그렇게 해서, 나 자신도 상처받지 않는다.

놀라운 것은 한발 물러서고 나면 사람이 더 사랑

스러워진다. 가까이 들여다볼 때는 이해할 수 없던 일들이 그런대로 이해가 된다. 그래서 어른들이 이런 말을 입에 달고 사는 걸까.

"그럴 수도 있지, 뭐."

6. 감정:
새드 엔딩은
굳이 보지 않아 _____

인생에는 어쩔 수 없이 맞이하는 크고 작은 엔딩이 있다. 가장 먼저는 학교 졸업이 그랬고, 이직을 거듭하며 회사와도 몇 차례 이별했으며 직업 특성상 프로그램과의 마지막 순간을 맞닥뜨리기도 했다. 그뿐만 아니라 생각지 못했던 사람들과의 헤어짐까지 치면 관계에서의 엔딩은 꽤나 많았던 셈이다.

나는 이별에 언제나 약했다. 덤덤하게 헤어져

본 적이 많지 않다. 졸업식장에서 웃고 장난치는 친구들 사이 언제나 선두로 눈물을 터뜨리는 학생이었고, 담임선생님이 졸업장을 하나하나 나눠주는 순간이 오면 꼭 삐질삐질 울며 졸업장을 받아 엄마를 창피하게 만들곤 했다. 솔직히 매너리즘에 빠져 있었던 한 프로그램과 헤어질 때도 청취자에게 마지막 인사를 건네다 오열했다. 우린 더는 만날 일이 없다는 것, 그리움에 몇 번은 찾아가 얼굴을 볼 수도 있겠지만, 몇 번은 추억을 꺼내 보겠지만 인간은 결국 자신이 살아가는 현재에 적응하고야 마는 존재라는 걸 알고 있었다. 그래서 슬펐다. '안녕은 영원한 헤어짐은 아니'라지만(생각해보면 이 노래 가사도 가정과 질문뿐이다. '헤어짐은… 아니겠지요?') 안녕 하는 순간 사실은 끝으로 향한다는 것을 알고 있었기 때문에 나에게는 '영원히 행복하게 살았답니다(Happily ever after)' 같은 클리셰가 진정한 해피 엔딩이었다.

어쩌면 현실에서 이루어질 수 없는 꿈을 작품을 통해서라도 이루고 싶었던 건지도 모른다. 현실에 영원한 해피 엔딩 같은 건 없으니까. 더없이 가까웠던 관계도 한마디 말로 끝났고, 마음으로 응원하던 이가 사고로 생을 다하는 일도 주변에서 하나둘 생겨났다. 나는 그런 슬픔을 덤덤히 감내하기에는 나약한 사람이었기 때문에 소중한 사람을 많이 만들고 싶지 않았다.

그런 의미로 조금 과장하자면 '헤어질 캐릭터'에도 마음을 주고 싶지 않았다. 시한부 인생을 다룬 영화는 기피 1순위였고, 멜로여도 끝이 영 좋지 않을 것 같으면 시작도 하지 않았다. 결말이 열린 채 끝나는 영화는 아련함 탓에 오래 가슴에 남기는 했지만, 나는 그 저릿함이 애틋하지 않고 불편하기만 했다.

나처럼 감정을 스스로 제어하는 데 어려움이 있는 사람이라면 슬픈 콘텐츠부터 멀리하라고 말하고 싶다. 이것저것 흡수하기에 바빴던 10대와 20대의 나는 내가 얼마나 슬픔에 잘 압도되는지 알지 못한 채 우울한 이야기에 겁도 없이 빠져들곤 했다. 심야 영화를 보러 갔다가 떨칠 수 없는 우울감에 집으로

터덜터덜 걸어간 게 여러 날이고 버스 뒷좌석에서 설명 못 할 눈물을 흘린 적도 많다. 물론 이런 감정의 진폭을 경험한 것이 훗날 작사를 하게 될 나에게는 도움이 됐을지 모르겠으나 과거를 돌아보면 어쩐지 모든 게 회색 풍경이어서 못내 아쉽다.

만져지지도 않고 실체도 없는 감정 같은 것에 나를 잠기게 두는 것보다는 내가 나를 이끌 방법을 찾는 편이 더 나았을 거라고 생각한다. 누군가가 작품을 추천할 때도 "해피 엔딩이야?", 그리고 이어서 "꽉 닫힌 해피 엔딩이야?" 하고 묻는다. 인생에는 어쩔 수 없이 슬픔이 동행한다는 걸 굳이 짚어주는 이야기들을 좋아하지 않는다. 불행의 여지는 현실에 있는 것으로 충분하다.

기쁨도 그렇지만 슬픔은 늘 뒤통수치듯 나를 찾아오기 때문에 여러 작품으로 단련한다 해서 다가올 슬픔에 무뎌질 수 없다. 그렇기에 나는 지금의 행복에 더 충실해야 하며, 기쁨과 웃음으로 마음을 꽁꽁 동여맨 뒤에나 조금이라도 회복력을 가진 채 살아갈 수 있을 거라 믿는다.

어리석고 순진한 회피일 수도 있다. 그렇다고 해도 나는 굳건히 새드 엔딩을 외면하고 싶다. 정말 봐야만 하는 좋은 작품인데 썩 밝지 않은 결말이 예상될 경우는 행복이 최대치일 때 보기로 한다. 굳이 아는 맛은 맛보지 않아도 되는 이들이 있는 것처럼 슬픔이 뭔지 잘 아는 경우에는 그걸 외면하고 싶은 마음이 드는 법이니까.

7. 소통:
진심을 말하는 데서 오는
자유로움

직업 때문에 종종 말하기 강연을 제안받을 때가 있는데 웬만하면 거절한다. 나조차 말하는 게 어려운데 어떻게 다른 사람을 가르칠 수 있을까. 그런 말을 하기 위해 연단에 서는 일마저 즐겁다기보다는 부담스럽다.

내 고민은 발성, 발음이나 호흡 등 기술적인 부분에서 비롯된 게 아니다. 진짜 '나의 말'을 어떻게 할 수 있는가. 이게 문제였다. 그리하여 나는 말하는 직업을 가졌지만 말하는 걸 두려워하는 부류가 되었다. 음식을 오래 씹어 삼키는 사람처럼 생각을 두세 바퀴쯤은 돌려야만 밖으로 내뱉을 수 있었다.

아나운서 시험에서 5년 동안 고배를 마신 이유도 여기에 있을지 모른다. 제대로 된 말이 나오기까지 너무 오래 걸리는 성격 말이다. 순발력 부족, 재치 부족, 진지함은 기준치 초과. 게다가 내 생각이 옳다는 확신도 없는데 말이 쉽게 나올 리 없었다. 그렇게 하나 마나 한 말들로 수많은 면접을 치렀다. 그리고 떨어졌다.

이를테면 이런 식이었다. "성격이 차분한 것 같네요?"라는 질문을 받으면 덜컥 겁부터 났다. 내가 재미없어 보이는구나! 큰일이다! 어떡하지? 그리하여 허둥지둥 내놓는 대답은 고작 이 수준.

"아니요, 친구들이랑 있을 때는 재미있는 사람입니다!"

세상에 자기 친구랑 있을 때 재미없는 사람이 어

디 있다고 이런 항변을. 나는 그 질문을 부정하고 나 자신을 부정했다. 그러면서 내가 어떻게 차분하지 않은지를 설명하기 위해 있는 예, 없는 예를 다 끌어왔다. 면접관 눈에는 이렇게 보였을 것이다. '정말 차분하고 재미없는 애가 애쓰는구나.'

그런데 회사에 들어와 잠깐이지만 차가운 시선을 견뎌야 하는 시간이 지나고, 재시험을 치르자는 이야기가 나오고, 아나운서라는 직업을 정말 포기해야 할지도 모르는 상황이 오자 조금씩 달라지기 시작했다. 무언가 더 꾸며낼 힘도, 그럴 내용도 없어서 정말 진심만 남아 있을 때였다. 아예 이 세상 모든 사람이 나를 좋게 볼 거라는 기대감도 사라져가고 있었다. 그래서 마지막으로 기회가 주어진 그때에는 그저 나일 수밖에 없었다. 준비할 것 없다. 그냥 나대로 가자. 그렇게 면접을 봤다.

익숙한 그 질문은 다시 한번 돌아왔다.

"성격이 원래 차분한 편이에요?"

그때 나의 대답은 "네, 그렇긴 합니다"가 전부였

다. 그게 나인데 대체 어쩌란 말인가. 이런 내가 부족해서 회사에 남을 수 없다면 그것도 받아들여야지 어쩌겠나. 한 명쯤은 차분한 사람도 있어야지 싶다면 뽑아주겠지. 다른 내용은 기억나지 않지만 그런 식으로 면접에 임했던 것 같다. 정말 내 안에 있는 말만 꺼내는 식, 내가 아닌 나는 만들어내지 않는 식으로. 솔직히 지금에 와서야 이렇게 쿨한 척 말하는 거지 그날은 집에 돌아와 수백 번 한숨을 쉬었다. 하나를 더 보여줘도 부족한데 그 지경으로 놔버리다니.

그런데 결과는 뜻밖에도 합격이었다.

사실 나를 꾸밈없이 솔직하고 담백하게 드러내는 것도 용기가 필요한 일이다. 그 용기로 당시 면접은 합격했지만, 복잡한 취업 시장에서 그것만이 옳은 방법이라고 단언할 수는 없다.

어쩌면 그런 답변 말고도 과제 수행이나 기타 다른 부분이 기대보다 나아서 붙은 걸 수도 있다. 평가 기준은 정확히 모르겠지만 확실히 말할 수 있는 건 그때의 말하기는 자유로웠다는 것, 그래서 자신이 있었다는 것이다. 진심이 아닌 얘기를 할 때 더해지는 부담이 전혀 없었다. 그 이후 지금까지 면접 볼 일은 없었지만 회사생활도 그렇게 해나갔다. 진짜가 아닌, 진심이 아닌 말은 하지 않는 대원칙하에.

뉴스 앵커씩이나 맡고 있으면서 너무 자신 없는 내가 가끔은 작아 보일 때도 있다. 내 생각과 전하고 싶은 메시지에 확신을 갖고 과감하게 세상에 던질 줄도 알아야 제대로 된 앵커 아닐까. 더 많은 말을 하고 살아가야 하지 않을까. 그러고 싶은 마음이 분명히 있지만, 번민에 드는 시간이 너무 많고 생각에만 그치는 말들이 대부분이다.

하지만 언젠가 한번은 진심이 통하는 순간도 있지 않을까 기대를 놓지 않는다. 말 하나를 뱉기까지 고민의 시간이 너무 긴 답답한 앵커여도, 그렇게 해서 꺼내놓는 어떤 말 하나쯤은 적어도 진정성을 인정받을 수 있지 않을까.

소극적인 사람의 너무 큰 기대일 수 있겠지만,

진심의 힘을 믿어보고 싶다. 오래오래 씹고 있는 생각과 말이 너무나 많은, 단지 조심스러울 뿐인 나를 조금 더 믿어보고 싶다.

8. 소비:
웬만하면 새 물건을
사지 않는다 ⟋⟋

틈만 나면 온라인 쇼핑몰을 뒤지고 SPA 매장을 둘러보던 버릇이 놀랍게도 어느 순간 확 사라졌다. 겉모습을 꾸미는 데에 관심이 줄고 물욕이 사라진 것이 가장 큰 이유겠지만, 환경에 대한 죄책감을 갖게된 것도 상당 부분 역할을 했다. 내가 구입한 물건이 훗날 쓰레기로 버려진 뒤 어딘가에 쌓일지 모른다는 점이 마음에 걸리기 시작한 것이다.

언론고시를 준비하며 KBS의 시사프로그램을 하나씩 맡아 내용을 정리하고 스터디원들에게 브리핑해주는 스터디를 한 적이 있다. 나는 〈특파원 보고 세계는 지금〉이라는 프로그램을 맡았는데, 세계 각국에 파견된 특파원들이 심층 취재한 내용으로서 국내 사회문제를 다루는 프로그램보다 더 넓은 세상을 들여다볼 수가 있었다. 전쟁, 정치, 교육, 문화 등 다루는 분야는 다양했지만, 당시 내게 가장 크게 와닿았던 건 환경에 대한 보도였다.

지금까지 잊을 수 없는 건 쓰레기로 뒤덮힌 레바논 해안가 풍경이다. 사람이 걸어 다니는 곳까지 밀려와 발에 채던 쓰레기들. 레바논이 '쓰레기 밭'이 된 건 최대 쓰레기 매립지를 대체할 곳을 찾지 않은 채 다짜고짜 폐쇄해버린 정부 탓이 컸지만, (그러니까 그건 환경보다 정책적인 문제에 가까웠지만) 인간이 만들어낸 쓰레기의 양이 얼마나 많은지 그 쓰레기가 바다에, 그리고 우리 골목에 그냥 방치된다면 하루가 얼마나 끔찍해질지를 목격했다. 상상이라는 건 한계가 있어

거대한 감정을 일으키지 못하지만 실제 모습을 봐버리는 건 크게 다르다. 내 하루는 레바논 해안가를 영상으로 만난 순간부터 그 쓰레기 더미 위에 서 있게 되었다.

그 이후로는 물건을 살 때마다 '이건 나중에 어떻게 처리될까?' 하는 생각이 먼저 들었다. 몇 번 안 신고 버린 신발이, 유행이 지나 들지 않는 가방이 어디로 가서 어떻게 쌓일지 알 수 없었다. 재활용을 한다고 해도 얼마나 제대로 우리의 일상에 돌아오는지 확인할 길도 없었다. 그래서 내가 세운 원칙은 아주 단순하지만 이거였다.

모든 물건은 쓰레기가 된다. 그러니 웬만하면 새 물건을 사지 않는다.

내가 즐겨 입는 옷 중에는 10년 가까이 된 것들이 많다. 물론 여전히 소비를 아예 안 한다고 볼 수 없고 계절마다 한 벌쯤은 옷을 사긴 하지만, 툭하면

저렴한 옷을 마구 구입해 입던 때와는 크게 달라졌다. 소비하지 않는 것이 환경에 조금이나마 도움이 된다는 생각을 한 이후로는 옷이든 신발이든 닳아서 못 쓸 때까지 열심히 입고 신는 것에 초점을 맞추었다. 당장 길거리에 쓰레기를 주워 담으며 살지는 못해도 덜 버리는 사람이 되고 싶었다. 최근에는 10년쯤 입은 인조가죽 무스탕을 버렸는데, 남편이 벗겨진 가죽 조각이 바닥에 떨어지고 있다는 걸 말해줬기 때문이다. 몰랐다면 1년쯤은 더 입었을 거다.

불필요한 소비를 줄이고 나니 이전까지의 내 소비가 얼마나 섬세하지 못했는지 분명하게 보인다. 제대로 쓰지 않을 물건을 너무 많이 샀다. 쓸 만한 물건도 너무 많이 버렸다.

세상의 많은 물건이 꽤 오래 멀쩡함을 유지한다. 필요한 기능을 제대로 하는 한 가지 물건이 있다면 욕심껏 두 개, 세 개를 살 필요도 없다.

이제는 누가 뭘 준다고 해도 갖고 싶은 욕심만으로 받지 않는다. 어차피 책상에 두었다가 버릴 거라면 최소한 내가 버린다는 죄책감만이라도 덜고 싶다. 먹는 것도 마찬가지다. 깨작거리기만 할 뿐 제대로 먹지 않을 음식은 처음부터 손대지 않는다. 제대로 먹을 누군가가 가져가는 게 맞다는 생각에서다.

환경을 덜 해하고 있다는 약간의 안도감 외에도 돈을 덜 쓰게 된다는 것과 쓰레기 처리의 '귀찮음'이 현저히 줄었다는 것도 좋은 점이다. 시작은 환경을 덜 망치고 싶은 마음에서였지만 내 일상은 그 이상의 편안함을 누릴 수 있게 되었다. 당장 바다거북의 몸을 옭아맨 쓰레기를 없애주지는 못하지만, 빙하가 녹아 갈 곳을 잃은 북극곰을 알면서도 한여름 에어컨은 참지 못하지만, 내가 살아가는 이곳을 덜 망치고자 조금이나마 애쓰고 있다. 레바논이든, 인천 앞바다든 어느 바다에도 내가 버린 물건이 없었으면 좋겠다. 그러려면 아마 더 노력해야 할 것이다.

9. 여행:
완벽한 자유를
추구할 것 ⟋⟋⟋

철저히 혼자일 것. 나만의 여행 법칙이다. 누군가와 함께 시간을 보낸다는 건 대부분 사회적 동물로서 부여받은 의무에 가깝게 느껴지기 때문에 평소보다 많은 돈을 쓰면서 의무를 이행하고 싶지는 않다. 가족이나 남편처럼 편안한 사람과 있을 때에도 누릴 수 없는 순도 100%의 해방감. 그야말로 완벽한 자유는 여행할 때에만 온다.

여행에 대해 사람들과 이야기하다 보면 혼자 여행하길 즐기는 쪽과 함께인 것을 선호하는 쪽이 뚜렷하게 갈린다. 혼자 있고 싶어 하는 사람은 매일 원하지 않는데도 학교나 회사에 가서 이른바 무리생활을 하는 데서 오는 스트레스를 여행을 통해 해소하고자 한다. 혼자일 때는 양쪽 다 만족할 만한 최선의 메뉴를 골라야 하는 스트레스도 없고, 길을 잘못 든 채로 한참 걸어도 미안하다고 사과할 필요도 없으며, 좋은 것을 보거나 맛있는 걸 먹을 때 일행이 내뱉는 감탄사에 억지로 공감하지 않아도 되기 때문에(나는 아무런 감흥을 느끼지 않는 경우가 더 많다) 자유롭다.

'혼자파'가 갖는 이런 마음을 '함께파'인 사람들은 이해하지 못한다. 사람을 통해 에너지를 얻는 그들은 모든 대화를 스트레스가 아니라 무언가 기쁨에 도달하기 위한 즐거운 과정으로 느끼거나, 대단히 기쁘지 않더라도 그냥 하면 되는 별거 아닌 일로 여긴다. 좋은 것도 함께 누리면 더 좋다는, 순수하고 예쁜 마음일 터. 하지만 혼자파에게는 밑바탕에 '노력'

이 있기 때문에 때로는 버겁게 느껴진다.

여기까지는 나만의 일반화. 내 얘기로 더 깊이 들어가자면 사실 나는 정말 이기적인 사람이라는 것부터 고백해야 한다. 제멋대로 해버리고 싶은 일들이 많은데 그 욕구를 억누르고 하루하루 남을 위해 사는 게 고단해 미칠 지경이다.

그렇다고 내 방식대로 굴고 마음 편히 있을 만큼 뻔뻔한 사람도 아니어서 누굴 만나든 눈치는 눈치대로 보고, 돌아오는 길에 항상 녹초가 돼버린다. 나보다 나이가 많든 적든 상대가 나보다 자기주장이 강하든 약하든 중요치 않다. 고루 평등하게 눈치를 봐야(?) 양심에 거슬리지 않기 때문에 누굴 만나든 감각을 분주히 곤두세운다.

학창 시절, 항상 수업을 마치면 자기 집에 가서 같이 놀자고 졸라대던 친구가 있었다. 집에 돌아가면 할 것도 없었기 때문에 마땅히 거절할 이유가 없었고 거짓으로 둘러댈 자신도 없어서 그 친구네 집에 항상 갔다. 그렇게 몇 달을 보내고 일종의 관계 '번 아웃'이 왔다. "나, 너랑 노는 게 불편해. 항상 눈치 보여" 방학 직전 돌연 감정을 터뜨렸다. 방학만큼은 혼자 있고 싶은 마음이 발현된 것이겠지. 차라리 피곤하다고 쉽게 거절하고 집에 갔으면 그렇게 질릴 일도 없었을 텐데. 어른이 된 지금은 곧잘 거절도 하지만, 그땐 그러지 못해서 물풍선처럼 터졌다.

"야, 누가 눈치 보래?"

친구가 말했다. 그 말이 맞다. 혼자 있기 심심하니 친한 친구인 나에게 집에 가자고 했을 뿐 특별히 바라는 건 없었을 것이다. 실제로 같이 놀아봤자 친구가 좋아하던 클릭비의 음악을 듣거나 핑클, 베이비복스의 춤을 추는 게 전부였다. 날 괴롭힌 적도 없기 때문에 '대체 무슨 눈치를 보고 뭐가 힘들었다는 거야?' 생각할 수 있다. 그런데 타고난 성향이 이런 걸 어쩌란 말인가. 나는 누군가와 함께 있을 때 남의 기분을 살피지 않고는 못 살게 태어나버렸다.

여행은 나를 완벽한 이방인이 되게 해준다는 점

에서 완전한 해방감을 준다. 한국에서는 혼자 거리를 걸어도 혹여 아는 사람을 마주칠 수도 있고, 마음속으로도 어제오늘 있었던 크고 작은 일을 계속해서 떠올릴 수밖에 없다. 그때마다 배터리가 계속 닳는 기분이다. 하지만 여행은 모든 관계의 바깥에 날 데려다놓기 때문에 에너지가 조금씩 채워지는 기분이다.

여행지에서는 조금 헤매고 실수하더라도 크게 개의치 않는다. 또한 완벽한 타인들 속에서 철저한 익명성이 보장되기 때문에 나에게만 온전히 집중할 수 있다. 내 이름도, 내가 살아온 인생도 모르는 사람만 가득한 곳이라야만 진정한 현재를 누릴 수 있다.

다행인 건 나이를 먹어갈수록 확실히 눈치를 덜 본다는 사실이다. 이제는 사람만이 채울 수 있는 온기를 안다. 이 또한 혼자만의 시간을 틈틈이 마련할 줄 아는 요령이 생겼기 때문에 가능했던 일일지도 모른다. 어우러져 살기 위해서 나는 때때로 혼자여야 한다. 그래서 '함께파'인 남편으로부터 늘 원성을 들으면서도 어떻게 하면 혼자 여행 할 수 있을지 계속해서 틈을 노린다.

'혼자인 시간'이 영양제나 작은 음료로 출시되었으면 좋겠다는 생각을 해본다. 섭취하는 순간 자유가 채워져서 그 힘으로 다시 세상으로 나아갈 수 있게. 이런 마법 같은 일은 생길 리 없으니 혼자 떠날 다음 여행지를 고민할 뿐이다.

때로는 워밍업 없이 가보고 싶어

어차피 준비된 인생은 없으니까

초판 1쇄 인쇄 2024년 10월 11일
초판 1쇄 발행 2024년 10월 18일

지은이 김수지

대표 장선희 **총괄** 이영철
책임편집 현미나 **기획편집** 한이슬, 정시아, 오향림
책임디자인 양혜민 **디자인** 최아영
마케팅 최의범, 김경률, 유효주, 박예은
경영관리 전선애

펴낸곳 서사원 **출판등록** 제2023-000199호
주소 서울시 마포구 성암로 330 DMC첨단산업센터 713호
전화 02-898-8778 **팩스** 02-6008-1673
이메일 cr@seosawon.com
네이버 포스트 post.naver.com/seosawon
페이스북 www.facebook.com/seosawon
인스타그램 www.instagram.com/seosawon

ISBN 979-11-6822-303-5 02810

서사원은 독자 여러분의 책에 관한 아이디어와 원고 투고를 설레는 마음으로 기다리고 있습니다.
책으로 엮기를 원하는 아이디어가 있는 분은 이메일 cr@seosawon.com으로 간단한 개요와 취지,
연락처 등을 보내주세요. 고민을 멈추고 실행해보세요. 꿈이 이루어집니다.